UMA EXISTÊNCIA POÉTICA

Editora Appris Ltda.
1.ª Edição - Copyright© 2025 do autor
Direitos de Edição Reservados à Editora Appris Ltda.

Nenhuma parte desta obra poderá ser utilizada indevidamente, sem estar de acordo com a Lei nº 9.610/98. Se incorreções forem encontradas, serão de exclusiva responsabilidade de seus organizadores. Foi realizado o Depósito Legal na Fundação Biblioteca Nacional, de acordo com as Leis nos 10.994, de 14/12/2004, e 12.192, de 14/01/2010.

Catalogação na Fonte
Elaborado por: Dayanne Leal Souza
Bibliotecária CRB 9/2162

S729e 2025	Souza, Marielson Duarte de Uma existência poética / Marielson Duarte de Souza. – 1. ed. – Curitiba: Appris: Artêra, 2025. 100 p.; 21 cm. ISBN 978-65-250-7430-6 1. Literatura brasileira. 2. Livros. 3. Sociedade. I. Título. CDD – B869.3

Appris editorial

Editora e Livraria Appris Ltda.
Av. Manoel Ribas, 2265 – Mercês
Curitiba/PR – CEP: 80810-002
Tel. (41) 3156 - 4731
www.editoraappris.com.br

Printed in Brazil
Impresso no Brasil

Marielson Duarte de Souza

UMA EXISTÊNCIA POÉTICA

Curitiba, PR
2025

FICHA TÉCNICA

EDITORIAL	Augusto V. de A. Coelho
	Sara C. de Andrade Coelho
COMITÊ EDITORIAL	Marli Caetano
	Andréa Barbosa Gouveia (UFPR)
	Edmeire C. Pereira (UFPR)
	Iraneide da Silva (UFC)
	Jacques de Lima Ferreira (UP)
SUPERVISORA EDITORIAL	Renata C. Lopes
PRODUÇÃO EDITORIAL	Sabrina Costa da Silva
REVISÃO	Ana Carolina de Carvalho Lacerda
DIAGRAMAÇÃO	Amélia Lopes
CAPA	Nádia Alves Martins
REVISÃO DE PROVA	Raquel Fuchs

DUAS PALAVRAS DE GRATIDÃO

Minha mãe, Rosa, é uma verdadeira "cabalina" que tantas vezes abebera a pena deste eterno aprendiz.

Ao meu grande amigo, André Luiz Rosa, pela solicitude imorredoura — que posso dizer?!

Nádia Alves Martins foi quem "adivinhou" o que eu sonhava para a capa do livro — e logo se pôs a desenhar com arte e alma.

O meu irmão Adailton sempre perguntou: "E o livro?". Foi a primeira pessoa para quem li alguns trechos do original. Conforta ver olhos amistosos na hora de darmos à luz...

Há tantos outros nomes.

Aos profissionais que trabalharam no parto destas letras, o meu carinho sincero.

Enfim, obrigado é muito pouco! Pobres palavras...

À memória de meu pai — Mário

PREFÁCIO

A tradição oral, muito comum na chamada cultura popular, afirma que o raio não cai duas vezes no mesmo lugar. Ledo engano! Cai sim! E eu sou testemunha, ao receber o convite do autor desta formidável obra para redigir o prefácio. O mesmo privilégio me foi concedido em *Alto Retiro*, outra produção de distinta erudição que Marielson Duarte nos ofertou.

O romance com o qual você, prezado leitor, irá se deleitar nas páginas vindouras é, indubitavelmente, um primor literário em todos os aspectos: pelo refinamento textual, pela descrição detalhada dos personagens e pela exímia articulação do enredo que, quiçá, possa ser o "filme" da vida real de brasileiros que optaram/optam pela emigração para se libertarem das privações do torrão natal e, ao mesmo tempo, se prenderem às vocações que o "mundo novo" tende a proporcionar.

O oximoro acima — declinações de libertar e prender — é o amálgama para personagens e acontecimentos, que ofertarão ao leitor momentos de chiste, de mistério, de agruras, de prazeres, de desalentos e de convicções. As passagens do enredo convidam-nos a entender o modo como uma pessoa vincula-se a amizades, experimenta dissabores cotidianos, empenha-se em edificar propósitos de vida e reconstrói-se a partir de sua compreensão do que lhe alegra e lhe satisfaz.

Impossível ler o romance do insigne Marielson e não lembrar da célebre *Fotografia 3x4*, canção do saudoso Belchior:

Eu me lembro muito bem do dia em que eu cheguei
Jovem que desce do norte pra cidade grande
Os pés cansados e feridos de andar légua tirana
E lágrimas nos olhos de ler o Pessoa
E de ver o verde da cana

Em cada esquina que eu passava, um guarda me parava
Pedia os meus documentos e depois sorria
Examinando o três-por-quatro da fotografia
E estranhando o nome do lugar de onde eu vinha

Pois o que pesa no norte, pela lei da gravidade
Disso Newton já sabia, cai no sul grande cidade
São Paulo violento, corre o rio que me engana
Copacabana, Zona Norte
E os cabarés da Lapa onde eu morei

Mesmo vivendo assim, não me esqueci de amar
Que o homem é pra mulher e o coração pra gente dar
Mas a mulher, a mulher que eu amei
Não pode me seguir, não (...)

    A história da canção pode coadunar com a história do personagem principal, o virtuoso Teófilo, que nos oferta singulares lições de vida. Faço uso do "pode" para não ser deselegante com o leitor ao tentar direcionar sua leitura, ao mesmo tempo que não devo "nivelar" percalços de vida, pois cada um sabe de suas lutas para vencer obstáculos. Ao folhear a obra, o leitor ficará convicto do quão arrebatador é o romance, ao perceber, entre outras qualidades, a firmeza de propósito do personagem destacado.

    Findo este preâmbulo com outro trecho da canção exposta, e faço isso de maneira provocativa, para estimular o leitor a estabelecer, com a obra e consigo mesmo, eventuais conexões e a se permitir ser o destinatário das lições decorrentes da presente urdidura.

(...) A minha história é, talvez
É talvez igual a tua, jovem que desceu do norte, que no sul viveu na rua
E que ficou desnorteado, como é comum no seu tempo
E que ficou desapontado, como é comum no seu tempo (...)

Boa leitura!

Nossa Senhora do Desterro/SC, Primavera de 2024.

André Luiz Rosa

Professor e historiador formado pela Universidade do Estado de Santa Catarina (UDESC) e pela Universidade Federal de Santa Catarina (UFSC).

SUMÁRIO

I
UM LEMA 17

II
UM DILEMA 18

III
AMPARO 23

IV
INCOMPREENDIDO 24

V
PROFESSOR 27

VI
O AMIGO DE DEUS 29

VII
UM SENÃO? 31

VIII
A NOZ E A VÍBORA 33

IX
A GRANDE CIDADE 37

X
VÊ! 38

XI
SENHOR DEUS DOS DESGRAÇADOS!.. 39

XII
A IDEIA.. 41

XIII
O MAUSOLÉU SOB O MAR... 46

XIV
REMINISCÊNCIAS 50

XV
ESTRELA DA MANHÃ... 52

XVI
PERANTE O REI.. 54

XVII
DÁ-ME, POR FAVOR,
A PALAVRA LIBERDADE!.. 57

XVIII
DA PERSPECTIVA CRISTÃ 60

XIX
TRIBUTO A ZEFERINA 63

XX
SALVAR A HISTÓRIA.. 65

XXI
ASPECTOS 68

XXII
O POETA CLAMA POR REFÚGIO 72

XXIII
CONCURSO 77

XXIV
O REMÉDIO 78

XXV
O PRECEPTOR DAS CRIANÇAS POBRES 83

XXVI
O CREPÚSCULO E A LUA 86

XXVII
ESPANTOS DA PUERÍCIA 91

XXVIII
ÁGAPE 96

I

UM LEMA

Imerso no mar de papel e palavras — horas a fio. Emerge. Liberta um longo bafejo. Errar pelo abismo, volver à tona e esguichar... Peregrino das páginas e da solidão.

À leitura vem juntar-se o refletir — para ele, contrapartes de um todo, assim como o inspirar e o expirar. Aprendeu nos monges medievais a compaginar *lectio* e *meditatio*. No Marquês de Maricá, viu condensada em máxima a lição monacal: "Ler sem refletir equivale a comer sem digerir". Daí suas intercalações de 'pausas' ao trabalho dos olhos.

Vive só, numa casa de cacos e pedras, que mandara erguer sobre os escombros de um antigo solar.

"Edificamos sobre o que restou das moradias antigas; o tempo se encarrega de converter nossos edifícios em ruínas; estas servirão de alicerce aos vindouros...". Eis como glosa o mote de sua vivenda. Outrossim, costuma dizer que a residência é uma síntese dele mesmo: fragilidade e solidez.

Como um Kierkegaard, cultiva, à maneira própria, o lema de uma "existência poética". E proclama:

"Entre os reis e súditos, atletas e artesãos, lavradores e soldados que povoam a minha civilizadíssima República, ó Poesia da Existência, és bem-vinda! Aqui, o bardo e o filósofo estão conciliados".

II

UM DILEMA

Até os trinta viveu com uma jovem senhora. Quando a viu pela vez primeira tropeçou e caiu de borco no encanto. Era uma beldade de ébano, dessas filhas de África que muito concorrem para engalanar o universo feminino do Brasil. Deslumbrado, na alma se lhe incrustaram os versos de Luiz Gama:

"Meus amores são lindos, cor da noite

Recamada de estrelas cintilantes;

Tão formosa crioula, ou Tétis negra,

Tem por olhos dois astros rutilantes."

O lenhador trabalhou incansavelmente com o machado até derrubar a guiacana. Casaram-se. Amava-a deveras? Sim.

Também amava os livros, que possuía aos montes. Circunstância fulcral, pois esse amor por livros lhe saiu caro. A biblioteca era a grande rival da mulher. Ela a via como um expediente de que o marido adrede lançara mão para lhe provocar ciúme. Vê-lo prosternado ante qualquer obra: um cartapácio soporífero, o impressionante *Eu* — de Augusto dos Anjos –, o divino *Jó*, o maligno *Zaratustra*: afrontava seu brio de fêmea posposta aos "malditos livros" — todos malditos!

Alheia ao pendor intelectual do esposo, nele cultuava Priapo, e ao Tártaro mandava todas as Musas. Era acoimado de treslido, frígido, ingrato — e muitos outros adjetivos, que um Meleto não ousaria empregar contra um Sócrates.

Ele forcejava por salvaguardar os dois amores. Amava-a de um jeito peculiar, nunca por ela compreendido. Quanto mais protestava seu afeto, mais era arguido de traidor. Não estava ali, bem na frente de ambos, o escândalo, a prova irrefragável do crime, o pecado consumado, aquelas diabólicas estantes prenhes de literatura?! Prenhes! E ele foi quem as cortejara, fecundara, e ei-las cada dia mais "buchudas". Gravidez hedionda. Todo dia um novo filho adulterino desponta no ventre das prateleiras. Diabos!

Todavia, o "sultão das letras" não queria ver desfalque no seu harém. Empatou todos os recursos a fim de ter o livro sem perder a costela. Assim, rareou as visitas às estantes e encurtou o tempo de leitura. Olhava de soslaio para os livros, tal qual olhar "proibido" lançado a uma rapariga: os clássicos lhe correspondiam, permissivos, chorosos de sua ausência, saudosos de seu afago — as páginas reclamavam, sedutoras e súplices, o compulsar amoroso da mão leitora.

Deixou de comprar pessoalmente as obras cobiçadas, agora estas lhe chegavam pelas mãos de terceiros, com muito ardil, como contrabando de leitura interdita. Empolgava a pena como quem filasse propriedade alheia, rápido e à socapa.

Sim, tentava com afinco observar o conselho exarado nas *Meditações,* de Marco Aurélio: "Afasta-te dos teus livros, não te distraias mais, pois não tens tal direito [...] Abandona tua sede por livros [...]". Também procurou guardar o recomendado por Silveira Bueno, em *A Arte de Escrever*: "Não devemos ser glutões de livros; empanzinam também e perturbam a inteligência". Executava as duras preconizações, na aparência, expedito — qual Milo de Crotone carregando um boi, diariamente, como se fosse coisa fácil de sopesar. No entanto, intimamente, seguia as recomendações do imperador romano e as do professor brasileiro com a dispragia de um enfermo. O amor, porém, era seu apisto.

Dessarte, empreendia viagens de recreio ao lado da esposa mais assiduamente; amiudou o serviço do leito, nele implementando fantasias criativas, verdadeiros ineditismos do coito conjugal;

edulcorou, de sua parte, ainda mais o vocabulário gasto nos oaristos; redobrou os presentes.

Por fim, compôs um soneto que dedicou à amada — louvor às suas glórias e méritos feminis, uxóricos etc. Para o nosso poeta, era como se a estremecida tivesse por livro de cabeceira *A Perfeita Mulher Casada*, de Léon. Fê-la ombrear com a própria Sulamita. Vejamos algumas linhas da extremosa composição. Coteje, caro leitor, e diga se não corre parelhas com *Marília de Dirceu* em apoteose:
"Minha sílfide, exceles a Nefertiti:
No viso venusto, na alma pletórica
De inocência, inane de nequícia..."

Amor? Adoração! Mas, às vezes, a impertinência do adorador atrai a cólera do seu deus.

Oferecer a um iconoclasta, a fim mitigar sua ira, o *Davi*?... a um abstêmio ou enófobo, o vinho excelente?... Porém, talvez no tentame desesperado de reconciliar os dois amores, disparou sua seta de ouro: a mais ousada — e última. Ai!

A princípio a mulher deu mostras de comprazimento:

— Que fiz para merecer tantos louvores?! — Dizia, sorridente, ostentando gratidão e modéstia. No entanto, refolhava o despeito, intimamente via naquilo um cartel, mil blasfêmias e impropérios. Tomou como ironia o panegírico.

Com o passar dos dias, **não mais se conteve**, ressurgiram as quizílias, agora mais intensas. Ah! aquele poema. Se tudo fosse exprimido (falado e não escrito!) em prosa, de maneira que nada acordasse de literário, quiçá outro seria o desfecho.

— Você não sabe lidar com uma dama!

Pespegava-lhe na cara tal injúria, como retribuição à apologia melíflua e condoreira que ele deitara qual filigrana de ouro em salva de prata. Bruto tabefe! Nem Cervantes experimentou tamanho agravo, depois de ver depreciada a primeira parte do seu *Dom Quixote* pelo duque de Béjar.

Quem lhe dera fosse um Browning e ela uma Elizabeth! Então, fruiria os amorosos *Sonetos da Portuguesa*, correspondendo com linhas não menos líricas e maviosas. Mas ai! o que a senhora lhe declamava, assaz longe do idílio ou da écloga, eram sátiras — mais virulentas que se fossem expectoradas por um Boca do Inferno.

— Vai transar com os livros! — disse-lhe certo dia, exaltadíssima. Noutro, já incapaz de reprimir o ódio, como um dique a se romper, ensacou uns trecos, pô-los diante do marido e gritou injungindo:

— Vai morar com os teus livros! Vive com eles, transa com eles, dá somente a eles teu amor, tua adoração. Ou desapareces desta casa, ou eu. Vamos, decida!

Por fim, amainando um pouco a fúria, esboçou um ricto sarcástico, fitando o homem — teso, mas desassombrado à sua frente — como um gladiador arrostaria o desafeto ensanguentado, antes de lhe desfechar o golpe fatal, e disse:

— Quero um "macho", não um literato!

Ato contínuo, foi buscar numa gaveta um papel dobrado: cuspiu e espezinhou a branca folha escrita em letras douradas, ofereceu assim amarfanhada e suja à vítima, urrando:

— Enfia no teu...

Aquele era o bendito poema, cuja fama não é estranha ao leitor.

Não desconhecia nosso infeliz as palavras de Stuart Mill, exaradas em *A Sujeição das Mulheres*, página célebre, que tentarei aqui sintetizar, embora usando outra linguagem, fiel à intenção do autor:

"O matrimônio, para alguns jovens promissores, é sua perdição; voragem que lhes solapa os dons do intelecto; braços glaciais que os envolvem arrefecendo o entusiasmo pelas grandiosas operações do espírito, o fogo bendito da inteligência criadora. Todo esse desperdício, graças à incompatibilidade de suas inclinações e competências em relação às da esposa. O casamento ideal, creio, dá-se quando as aptidões amadurecidas dos cônjuges estão cimentadas com a semelhança de perspectivas, sonhos, propósitos etc."

Teófilo — que devia se chamar Bibliófilo, em razão de sua amizade aos livros — jamais sentiu esse olor provindo do jardim das almas gêmeas ditosas no himeneu. Parecia encarnar um Édipo, não quando do revérbero de suas façanhas, senão no paroxismo da desdita ao lado de Jocasta.

Já convencido de sua impotência, sem poder debelar a esfinge, empacotou os livros, deu de mão aos cacarecos e afastou-se do lar. Findava ali o conúbio de um lustro com a mulher de sua mocidade, a única que conhecera e deveras amou; mas agora o despedia feito as cinzas inúteis da lareira onde uma nova lenha precisava arder...

Reza a lenda que o grande Camões viu sua consorte chinesa afogar-se e não logrou salvá-la, mas escapou das águas assassinas com os preciosos originais de *Os Lusíadas*. Teria ele preterido a companheira pela obra?!... Já o náufrago da nossa história tentou livrar mulher e literatura. Debalde.

III

AMPARO

Não se cai lá das alturas sem que depare o Senhor algum amortecimento.

A ave solta a desprezível semente enquanto voa: ela vem ricochetear na laje de um promontório ignoto, inuma-se no pântano, mergulha nas águas duma ria qualquer ou detém-se no húmus de um horto. Ninguém a procure. Ressurgirá: o sorgo, a mostarda, o capim viridente, a esbelta palmeira...

Foi o jabuti ao céu para uma festa, mas aconteceu de ser despedido. Desce, espatifando-se cá embaixo. Mas aí está de carapaça dura, suturadas as partes numa simetria que lembra uma escultura de Rodin.

Até Lúcifer, eterno degredado da luz, raro em raro aparece ante a corte celestial, posto lhe seja irrevogável a perdição.

Ora não haverá esperança para os que amam a Deus?!

Seja a altura caligante, não haja todos os colchões da princesa para te suavizar o baque, ó corpo inerme; do abismo a boca hiante se escancare para te receber, ó estrela cadente: ainda assim, haverá esperança!

Até convalescer das feridas do último combate, o náufrago achou repouso na casa de um amigo.

"É tão bom ter por árvore — uns carinhos!
É tão bom de uns afetos — fazer ninhos!", versejou Castro Alves.

"Em todo tempo ama o amigo; e na angústia nasce o irmão", disse o rei hebreu.

IV

INCOMPREENDIDO

Nosso herói é um baiano radicado na cidade de São Paulo, para onde migrou adolescente. Que nordestino pôde evitar São Paulo? Essa cidade viu Rui Barbosa, Luiz Gama, Castro Alves, Teodoro Sampaio e Milton Santos: todos baianos — para citar alguns próceres brasileiros.

Quando Rachel de Queiroz, na crônica *Cidade do Rio*, diz "O obrigatório era o Rio... *São Paulo que me perdoe*...", está, ainda assim, reconhecendo o fenômeno das migrações internas no Brasil, em que o Sudeste recebe grande incremento populacional, sendo que São Paulo tornou-se, desde o século XX, o principal destino de grande parte dos brasileiros, sobrepujando a capital fluminense.

Em *O Quinze,* a mesma autora faz ver o desvalido Chico Bento e sua família rumarem do Ceará "para o desconhecido, para um barracão de emigrantes, para uma escravidão de colonos...", isto é, para São Paulo.

Um abismo chama outro abismo. Tangidos para cá pelas adversidades, não poucos se precipitam no nadir da pulhice. Alguns escapam; e é deste número o peregrino desta história.

Ia-me esquecendo de contar que Teófilo e a mulher tocavam um pequeno comércio, venda de artigos para casa: espanadores, louças, tapetes etc. Vinha acrescer minimamente a renda os livros que ele escrevia, imprimindo-os em curtas tiragens e vendendo-os. Ofício este, entre nós, dos mais penosos e menoscabados. Assiste razão ao ilustre Martins Pena o que pôs na boca do personagem Carlos, em *O Noviço*:

"Este nasceu para poeta ou escritor, com uma imaginação fogosa e independente, capaz de grandes cousas, mas não pode seguir a sua inclinação, porque poetas e escritores morrem de miséria, no Brasil...".

Enquanto nos tempos de Martins aqueles poetas e escritores morriam de miséria, no século XXI os nossos artistas da pena não morrem mais de tal moléstia. Por quê? Graças ao "alerta" do nosso célebre comediante, ninguém se aventura por essas plagas das palavras sem levar consigo sequer um machado, um serrote, uma pá etc.

Os dotes do beletrista, embora trasvistos pela companheira e inestimados na sociedade, sobreviveram a expensas de uma vontade aguerrida. Sempre foi resignado quanto à pouca aceitação de seus escritos; a esse respeito perfilha a opinião de Johannes de Silentio (Kierkegaard), de que escrever é um luxo sujeito a obter tanto mais importância e notoriedade quanto menos leitores e compradores se interessarem pela obra do escritor.

Já previa o autor de *O Gueza Errante*, Sousândrade: seria esta obra lida meio século depois de escrita. Paciência!

Que fará o autor original e revel?

Era uma vez um gigante. Foi desafiado a transpor uma portinhola depois da qual lhe esperava certo troféu. Espremeu-se até virar homúnculo. Do outro lado, ouviu de quem lhe daria a recompensa: "Usurpador! Onde está o gigante?"

Escutemos La Bruyère:

"Aquele que, ao escrever, tem sempre em vista agradar aos contemporâneos, considera mais sua pessoa que suas obras: deve-se tender sempre à perfeição e então essa justiça que por vezes nos é recusada por nossos contemporâneos, a posteridade saberá nos rendê-la."

Caso a "felicidade" persiga o escritor tal como a Joaquim Manuel de Macedo, ainda um menino de 23 primaveras, fazendo-o galgar o proscênio da fama com a sua travessa *Moreninha* –, bendito seja!

Todavia, é prudente pegar na pena levando em consideração as palavras do autor dos *Caracteres*. Ou passar além: o futuro da obra poderá ser igual ao do tesouro enterrado, recôndito no seio do esquecimento, que algum dia por acaso um menino tropeça nele enquanto brinca na terra e o traz à luz, sem jamais curar do antigo proprietário.

Há monumentos ao soldado desconhecido. E para o autor desconhecido, que se fez?!...

— Enfim, seja como for, permitir que a rasoura de um sistema medíocre nivele a nossa criação espiritual é inimizar com a própria arte. — Assevera o nosso incompreendido artesão das palavras.

V

PROFESSOR

Dando à luz um antigo sonho, Teófilo transformou sua nova residência — aquela de cacos e pedras — numa "oficina do saber".

Lecionava Português, Literatura, História e Filosofia, gratuitamente, uma vez na semana, para uns poucos discípulos — seus amigos. Foi nessa conjuntura que o descobri; a ele fui apresentado por um amigo frequentador das aulas; então me tornei aluno.

Se não posso ser cognominado de a Inteligência, como Platão se referia ao seu mais nobre pupilo, jamais negarei que o meu professor seja um mestre ilustrado. Se algum crítico rabugento o acusar de não possuir sólida erudição, estou pronto para contra-atacar, tal qual Werther, quando rebatia um embaixador pedante e invejoso que ousara apoucar o saber de um conde: "Ele muniu-se de um vastíssimo saber, sem jamais abandonar a espinhosa lida diária. Que um outro o haja alcançado, ignoro".

Lembro-me de um comentário que fez durante uma aula de literatura. Declamou um trecho de Vilmar Alves Ribeiro:
"Conversei com uma moça de Santa Cruz
fiquei triste, tinha ela 21 anos
não sabia de seus poetas
velhos e novos
sabalanca em mim aquela atitude
de tristeza outra vez".

— Malgrado fosse a jovem de Santa Cruz — comentou — parece-me que a intenção do poeta é denunciar a mazela que acomete ainda boa parte do Brasil. Aí não se deve questionar, à primeira, quais as desvantagens do autor, mas se uma nação perde ou ganha em desaproveitá-lo. É cediça entre nós a assertiva de um dos nossos grandes escritores: "Um país se faz com homens e livros"!

Como esquecer uma aula assim! Nem jamais sepultarei na deslembrança aquele que a ministrou.

Aos poucos, soergueu-se do tombo. Começou a trabalhar numa livraria, depois numa fábrica de papel, entre outras ocupações. Por fim, prestou concurso e passou a dar aulas numa universidade pública.

No primeiro quartel do século XX, Lima Barreto criticava a fome de luxo e a inapetência aos estudos, mal de certos professores brasileiros. Ainda existem aqueles para os quais o "selo" do diploma e uma boa colocação bastam.

Entretanto, também é verdade, haja mulheres e homens profundamente cultos mendigando no Brasil. O "sistema" porta-se qual ama extremosa para com uns e sevicia outros. Latifúndios modernos! É comum se bater asas para o estrangeiro ao encontro de "vida mais digna". Nosso país ainda testemunha essa triste hégira.

A instrução pública, entre nós, mormente no ensino básico, padece de uma atonia crônica. Professores, alunos e as "famílias" estão no epicentro da crise.

O bom docente amarga a angústia de tentar ensinar com excelência — e o faz sofrivelmente. Periclita à beira da mediocridade. Conhecer certas escolas "por dentro" é mirar bem de perto as vergonhas do imperador. Pois a visão que se tinha de fora — isto é, da falsa indumentária — apenas se torna mais nítida.

Teófilo nunca desprezou os serviços braçais, sem embargo detentor de formação "superior". Não se adstringe, como diria Sergio Buarque, criticando uma tendência de certos aristocratas brasileiros, "ao trabalho mental, que não suja as mãos e não fatiga o corpo". Nenhum laivo de arrivismo o inquina, nenhuma ambição de mandar — a *vã cobiça* de que fala Camões. Renão. A ideia de uma sinecura o ofende.

VI

O AMIGO DE DEUS

"A vingança é um prato que se come frio..." (Riobaldo Tatarana).

Um dia lhe perguntei se guardava ressaibo da sua ex-mulher.

— Erasmo, citando Horácio, diz: "A ânfora exala por longo tempo o cheiro do licor de que primeiro fora cheia e difícil é depurá-la". Admito. Mas sou um vaso que foi quebrado. Novo recipiente me fiz; portanto, vem ao meu encontro a afirmação que o célebre renascentista exarou em seguida: "Convém, aliás, guardar o licor preferido em ânfora vazia e nova". O Riobaldo, de Guimarães Rosa, contou o que aprendera de Zé Bebelo: "curtir raiva de alguém, é autorizar que a pessoa nos domine...". Assim como as estátuas de Calígula não adentraram o santuário de Jerusalém, no meu templo interior é vedado o ingresso da abominável figura de um tirano!

Esta foi a resposta. Quando indaguei de suas perdas, me olhou com espanto e ouvi o que se segue:

— Perdas! Escuta o relato de Sêneca sobre o filósofo Estilpão: "Raptaram-lhe as filhas, seu patrimônio espoliaram; o inimigo havia dominado Megara, torrão natal do filósofo. Todavia, ao perguntar-lhe o vencedor — Demétrio — se perdera algum bem, o sábio respondeu: Nada perdi, todas as minhas posses estão comigo".

— Contudo, meu caro Pedro — continuou –, sou pedra e caco; não busques divisar em mim o estoico impassível, adamantino. Admiro os versos de Bocage, que deblateram contra a insuficiência da doutrina estoica:

"Mas ai! Mais sábio que Zenão o Eterno
Fonte às lágrimas deu, deu fonte ao riso;
Coa lei das sensações meu ser governo:
Se eu folgasse entre o mal que em mim
[diviso
Na mente ousara unir o horror do Inferno
Aos sóis de que se esmalta o paraíso".

— Cristo — prosseguiu ele com verve — chorou publicamente por ocasião da morte de um amigo; e não é Ele a Rocha Eterna? Sim, porém a lágrima não erodiu a grandeza, antes lhe realçou o brilho. Ó, Deus! Ensina à nossa miséria a imitação do Salvador. "Não ajunteis tesouros na terra, onde a traça e a ferrugem tudo consomem, e onde os ladrões minam e roubam. Mas ajuntai tesouros no céu...", disse o Mestre Amado. Senti? Chorei? Sim.

— Aristóteles — disse o professor após tomar fôlego — fala de uma lei entre os gregos que proibia impedir o choro e os gritos das crianças, porque, dizia ele, "essa é uma maneira de desenvolvimento, e um exercício para os órgãos". Entre os nossos indígenas Xikrin, dá-se o inverso: ao se ouvir chorar um pequenino, cuida-se logo de acalentá-lo, pois há o temor de que o seu *karon* (alma) saia do corpo. Há quem se assemelhe a estes, execram as lágrimas como sendo perniciosas; e os que entendem como os gregos. Quanto a mim, reconcilio ambas as visões: nem estancar de pronto o choro, nem morrer de tanto chorar. Reconheço quão benéfico o pranto foi para o meu crescimento e robustez espirituais. Às vezes se aprende errando, e com muita dor... Todavia, ninguém me confunda com um algófilo; considero necessária a justa medida, tanto no prazer quanto no sofrimento. Perdas? Relativas, parciais, exteriores, nonada; da alma os bens recresceram como a fortuna de Jó.

Assim me falou. Rendi o espírito! Devo contar aqui a palinódia: Teófilo, que significa "amigo de Deus", faz jus ao antropônimo tanto quanto atendesse pelo nome de Bibliófilo.

VII

UM SENÃO?

E dizer que acharam escória no colar de ouro…Vejamos.

Suponho que o leitor a viu no capítulo antecedente. Ou será possível não hajas notado a chuva de citações que despenca nas falas do professor Teófilo?!

Parte disso, convenhamos, deve-se à erudição. Já a outra parte, evitemos pôr na conta da vaidade. Conheço-o, não é dos que adoram estadear sapiência. Mas tem, tem sim, a terrível mania das citações. E alguém já lhe observou este vezo, acredite.

Chamai-me convencido, pernóstico, vaidoso, tal como aquele escritor da fábula, ao qual dissera Esopo: "De minha parte aprovo que te louves, já que isso um outro nunca iria fazer". Ih! Escapuliu mais uma… Mas, suplico, poupai o mestre de tais adjetivos.

No dia em que lhe perguntei a razão de falar sempre referindo uma miríade de autores, contou-me a seguinte anedota. Um dos seus amigos professores, ao revisar um livro de ficção que Teófilo escrevera, lhe criticou a abundância das citações, ora diretas, ora indiretas:

— Lembra, ó Teófilo, do que disse La Bruyère, acerca dos que têm a mania das citações.

— Muito bem — acudiu ele — mas precisavas mencionar La Bruyère?!

— É verdade! — assentiu o outro — E é curioso que ele mesmo escreveu: "Tudo já foi dito, pois os homens pensam há mais de seis mil anos". Droga! Isso pega… devo, urgentemente, me afastar de você.

E caíram na gargalhada. Foi assim que me convenci do quão difícil é libertar-se dessa "mania". Creia-me, leitor amigo, eu também fui contagiado. Portanto, se já topaste anteriormente com muitas delas, prepara-te para abandonar o livro, ou, caso insistas, vem aí uma torrente.

A propósito, pergunto: existe originalidade absoluta em matéria de literatura?

Quando o estudioso alemão, Friedrich Wolf, disse que a *Ilíada* e a *Odisseia* não eram obra de um só homem — argumento, aliás, muito antigo –, não estaria "destronando" Homero, quisesse com essa afirmação falar das muitas influências sofridas pelo poeta na feitura dos épicos.

Quanto a referir-se ao já dito, há diferença entre o esconder-se atrás de citações e o lançar mão delas com discernimento e arte. Privemos Aristóteles, Agostinho, Freud e tantos outros desse recurso, e veremos o que nos restará deles.

— É próprio de quem não tem ideias: citar, citar e citar... enche o livro de "ele ou ela disse... conforme fulano... segundo beltrano", e assim vai. Nunca, porém, fala como de si mesmo, precisa sempre amparar-se no que outrem pensou! — disseram-me certa vez. Ao que respondi:

— Pobre de mim, que já nem consigo pensar sem recorrer amiúde ao que aprendi com outros. Não tenho nada que seja absolutamente inédito para apresentar ao mundo.

Mas aí vem um outro capítulo, e talvez derrame alguma luz sobre este que termina aqui.

VIII

A NOZ E A VÍBORA

A casa do professor é o meu destino favorito. Fica na Zona Sul.

De uma feita fui visitá-lo sem avisar. O portão de ferro ladeado por uma cerca viva de hibiscos estava entreaberto. Puxei e entrei. A porta da sala, fechada, mas abertas as janelas — através das quais perlustrei o meu Daniel: embebido na "oração", desdenhava o mundo exterior. Que medos e persas se mancomunassem, a Babilônia ruísse, o Grande Rei pirasse…, enfim, neles não punha tento.

Andava de um lado para outro na sala, absorto, monologando em cicio, estreitado no forte amplexo das lucubrações.

"Sacrilégio! — pensei — não vou sustar o bom parto, essa passagem gloriosa da crisálida a imago: pois é assim o nascimento das ideias…".

Tento me esgueirar despercebido. Embalde.

— Pedro! não ouves?

Era a voz do mestre. Ainda passejava, peripatético, falando comigo como se fora consigo mesmo. Meu desarranjo era o de um bisbilhoteiro pego a espiar uma virgem no banho. Logo, porém, acendi um sorriso; este me traia o espanto e a confusão, mas também era a mais límpida expressão de alegria por fruir aquela intimidade. "Anda com os sábios, e serás sábio", diz Salomão. Mas o espanto… Oh, não! Confesso, não tergiverso. Uma ideia terrível, matreira, veloz, me sobreveio. A seta me achou inerme, sob a rentura do arqueiro invisível. Estaria ali, à minha frente, um real Quincas

Borba! Devaneava? Tresleu? O acúmulo de leituras lhe ourara a cabeça? Um Dom Quixote veraz. Não!

Sem mulher. Amantelado por uma fortaleza de livros. Sim, dono de um império livresco, tal qual Jacinto, de Eça, embora sem a opulência e cupidez vulgares daquele.

Compleição robusta, tipo muscular, estatura média e tez escura. Na carapinha se desenha a calva, detalhe que, estranhamente, não lhe afeia o semblante, antes figura no todo como um adorno obrigatório à sua idiossincrasia, e vai desbastando lenta e delicadamente os fios negros de sete lustros — lustros de pedras e cacos... Um negro apessoado, no apogeu do vigor carnal, abstendo-se dos gozos mais ridentes à mocidade — pomos saporíferos, olentes, que o vergel da vida mundana oferece apenas uma vez. Existência poética!

— Pedro! ouviste?

Chamava-me e perguntava segunda vez.

Quedo em frente à janela, eu remoía o que acima ficou dito; entorpecido, preso aos grilhões da incredulidade, espicaçado pela dúvida. Ideia terrível. Feito a mãe do Selvagem de *Admirável Mundo Novo*, eu tinha um riso pateta.

— Ouvir o que, professor? — por fim, tugi.

— O som das nozes que se quebravam e o estrépito da luta.

Pobre de mim! Temi mais convictamente estivesse tresloucado.

— Nozes!?... Luta!?...

Uma gargalhada ribombou mostrando seus dentes alvíssimos, marfins entalhados no ébano. Ele ria um riso africano. "Os loucos também riem", pensei. Ainda não se dissipara a triste ideia.

— Então, sou um doidivanas?

— Eu não o disse, professor! — defendi-me.

— Mas pensaste.

E riu mais profusamente. Eu também; agora estávamos feitos meninos que se fazem cócegas e cachinam um para o outro.

Fez-me entrar e me estreitou num abraço, abraço de pai que recebe de volta o filho pródigo — morto no próprio delírio, perdido na escuridão que me cegava o espírito.

Sopesou um pouco a emoção e passou a dilucidar o mistério das nozes e da luta. Ressurreto, eu o escutava refestelado numa cadeira. Enquanto discorria, o professor preparava café; logo depois roíamos deliciosas bolachas do Nordeste.

A estrela da tarde já entreabria o postigo cintilante e o cariz envergava o véu púrpura, anunciando o ocaso.

— Graças a Machado de Assis, hoje levei um grande susto — principiou ele –. Como bem sabes, os mortos insistem em cutucar os vivos. Suas ideias imortalizadas e buliçosas na psique dos vivos, eis o aguilhão. Pois bem, meu caro Pedro, hoje li pela manhã algumas crônicas de Machado. Numa delas, em que trata do mundo das ideias prontas, ele as compara a nozes, e insiste:

"Até hoje não descobri melhor processo para saber o que está dentro de umas e de outras — senão quebrá-las.".

Ainda:

"Trazia comigo na mala uma porção dessas ideias definitivas, e vivi assim, até o dia em que, ou por irreverência do espírito, ou por não ter mais nada que fazer, peguei de um quebra-nozes e comecei a ver o que havia dentro delas. Em algumas, quando não achei nada, achei um bicho feio e visguento.".

— Passei o dia inteiro nesse exercício indicado pelo imortal carioca — os olhos do mestre brilhavam; continuou: — Ajuntei nozes de variadas espécies e tamanhos; das mais diversas correntes filosóficas; dos mais diferentes ramos do conhecimento. Enfim, quebrava-as e via o que continham. O trabalho transcorria pacífico, mesmo divertido. Mas, senão quando, de uma inocente noz se me depara uma víbora! A noz pequenina e a serpe graúda dentro dela. Mistério. Convoluta, a princípio, logo se desenrolou num bote horroroso contra a minha face. Larguei o fruto e procurei distância. Ela, porém veloz, coleou para mim fincando as presas no meu braço. Mas enrijei o espírito. Lembrando o insigne Apóstolo dos Gentios na ilha de Malta, vi o lume que eu mesmo acendera no labor das meditações; nessas chamas purificadoras, sacudi o réptil. Tu me pilhaste, amigo, nesse combate quando passaste o limiar. — concluiu.

Ali me industriou no nobre ofício de "quebrador de nozes". Das que ajuntara ainda sobravam algumas, às quais uni as que eu também trazia na bagagem. O professor entende que ensinar a fazer não surte tanto efeito quanto ensinar fazendo. Então, partimo-las juntos: o que havia dentro de umas me dava arrepios; noutras, causava-me espécie a inanidade.

Opíparo banquete!

Confabulamos até findar o crepúsculo, quando rumei de volta para a "nesga" de pensão alugada no Bom Retiro. No ônibus eu vinha jiboiando o repasto espiritual.

IX

A GRANDE CIDADE

O bairro do professor é antípoda para quem vive no centro. A Sicília é grande, dizia o comandante Nícias. São Paulo não tem fim, digo eu. Nada mais caleidoscópico; nada mais cosmopolita.

Santo Amaro me viu. Escarafunchei a Paulista. A Sé recebeu-me larga e fervilhante: "Arrependei-vos!", clama o pregador na praça. Serpenteio por entre as meretrizes que olham insinuantes. Perlustro a mole soberba da catedral. Pedintes de mãos estendidas, corpos esquálidos e histórias sensíveis na língua. A boca da estação de metrô engole o tropel humano, e ao mesmo tempo — coisa tremenda! — vomita para as ruas outra multidão.

Poetas, anti-intelectuais, mecenas, articidas, operários, inoperantes, guardas, desguarnecidos, dândis, pelados, mendigos, nababos, filantropos, ladrões. E não tem fim... Paulicéia, lar de contrastes! Éden e Érebo em ti se congraçam.

Eu vim vagabundo percorrendo a urbe andradina, sítio das minhas eternas escavações. Madrugada velha, desemboco na Luz. Vejo a cidade ainda insone. O Museu da Língua Portuguesa pegara fogo um dia antes — levou a vida de um bombeiro. Do outro lado eu quebrava nozes com o professor.

X

VÊ!

Gosto de descer na Luz e andar até o Bom Retiro. Encontro a "Cracolândia". Varo a praça Princesa Isabel. Espaireço sob as árvores róridas da matina. Miro a miséria.

Na Duque de Caxias, três lojas arrombadas. Naquelas horas ali não é lugar para turismo; eu periclitava. Viver é muito perigoso, disse Riobaldo; reconsiderei então o acerto dessa afirmativa.

Trabalhava num arquivo próximo à esquina da Duque com a Barão do Rio Branco. Determinado dia, depois do expediente, entraram pela grade de ferro e arrombaram uma janela de vidro; tão magro era o invasor que um espaço estreitíssimo lhe deu passagem. Penetrou de noite e levou alguns objetos pequenos. No local, um saco preto e um cachimbo de *crack* delatavam a procedência do larápio. Brás Cubas deplorou mais que o furto a "imagem" do ladrão, Quincas Borba. Não fiz outra quanto ao desconhecido autor da efração.

Essa área do "centro expandido", povoada de gente que se move quais espectros desfigurados pelas ruas, indo para onde os tange a "administração pública" da vez — sempre com a promessa de "acabar" com a Cracolândia — afigura-se aos olhos do transeunte comovido verdadeira chaga profunda, viva e supurante no seio da cidade. Pulula a multidão egestosa, mais ativa à noite que durante o dia — quando muitos indivíduos recolhem-se aos seus trapos nas calçadas e dormem profundamente como em estivação, o ventre vazio ludibriado com o milagre entorpecedor dos narcóticos. À vista deles, os "miseráveis" de Hugo são Cresos…

XI

SENHOR DEUS DOS DESGRAÇADOS!

Na Isabel me abanco num poial. Acorre para mim uma senhorita; senta-se ao lado. Diviso sobre o regaço magro um pacote de bolacha. Ana. Chama-se Ana minha visitante. Esse nome significa "graça". Vítima da desgraça, com um tão gracioso nome! A bolacha tinha sido a "paga" de um programinha. Faltava-lhe, contudo, uns cobres para comprar a "pedra preciosa" com que pretendia iludir a miséria daquela noite.

Em vão busquei animar-lhe no espírito alguma faúla de dignidade; seu fito era espevitar em mim o lúbrico. Indaguei de família e sonhos; mirei seu rosto. Desconversou e ia se curvando sobre o meu baixo ventre. "Aqui mesmo... só um bocadinho... hum!".

Declinei. Nem havia uma só nica no meu bolso para quitar o "serviço".

"Cativa-me!", diz a raposa ao pequeno príncipe; "Mantém-me no cativeiro…", dizia para mim a pobre rapariga. Crusoé lamentava porque vendera o seu escravo Xuri; eu lastimei não poder alforriar a cativa.

Não era assaz desprezível. Em *Angústia*, Graciliano fala de uma pobre rameira a quem o personagem Luís recusa, embora reconheça nela, caquética e macilenta, resquícios de uma mulher deleitosa. Cotejei a personagem com a minha tentadora.

Posto estivesse em seu lugar Dalila, minha consciência renuiria. Dos *Mil Provérbios* de Lúlio, um me bastou: "Mais vale a consciência em tua alma que o deleite em teu corpo".

Na cidade há muitos seres no cio, considerou Zaratustra. Eu também gosto da floresta, como ele; no entanto, fiz o que pude: fugi para a cela da pensão.

Senhor Deus dos desgraçados! — apostrofou o Poeta dos Escravos no seu *Navio Negreiro*. Eu também te invoco, Senhor, pelos irmãos escravizados na "república do *crack*".

Roço a estação Júlio Prestes. Na calçada mendicantes amontoam-se. Um grupo de religiosos distribuía sopa e cobertores. A ação social deve muito à religião no Brasil.

Agora vou-me.

XII

A IDEIA

Lucas velava na porta. Voltara da faculdade, onde auferia uma bolsa de Direito, e levava sua espertina ao relento.

É um preto baiano. Moramos na mesma pensão. Ele me apresentou ao professor. São conterrâneos, ambos da Costa do Dendê. Tem uma irmã encantadora — Laís. A ela quadra muito bem este trecho do poema *Canção do Poço*:

"Noite negra, de astros ridentes...

Abre, ébria de beleza, africana,

Rasgando tua cútis guiacana,

Olhos álacres e ebóreos dentes!"

Deixemo-la envolta no fumo de seu feitiço, por enquanto, e atendamos ao irmão. Ao me ver, bradou:

— Zaqueu, anda depressa, porque hoje me convém pousar em tua casa!

— Vai de retro, Barrabás! — retruco — Ademais, azarado que sou, quando sonho em hospedar o Cristo, eis um cachorro estacionado bem diante da minha porta. Se ao menos fosse um homem ao lado de um cão, tal como se dá com o imperador na obra de Bertolt Brecht! Mas aqui noto apenas o animal... Grande jaguapoca!

Sou desses que às vezes amam aos tabefes e pontapés, e é assim que eu e Lucas nos entendemos, difamando-nos um ao outro perante nós mesmos! Se, como refletiu Flaubert, ao difamarmos um ente querido, acabamos por nos desprender dele um pouco; conosco, isto é, neste nosso caso, se dá o contrário: um belo soco no estômago e uma boa contumélia atirada à fuça, cimenta ainda mais o grande apego que mutuamente nutrimos. Lembro-me de ter visto num filme os indígenas de uma tribo norte-americana que cumprimentavam seus amigos arrojando-se violentamente sobre eles. Era o bem-vindo de sua peculiar hospitalidade!

Envoltos em riso passamos à recordação de algumas estórias da Bahia. Lucas brincou, citando o verso de Homero sobre Nestor e Macáon: "deliciaram-se contando histórias um ao outro". Diante da pensão nos postamos como dois *akpalôs*, sem plateia visível. Lucas então feriu o causo do *Caçador Borrado*:

Pai de família numerosa, pobre e desempregado. Sai pelas fazendas à procura de emprego. — *Nossos quadros já estão completos, era a resposta.*

Depois de muito procurar, preenche a vaga de caçador de onça, cujo antigo ocupante fora devorado por uma pintada.

— É forçoso caçar uma por semana, *e não admitimos cagarolas!* — *ditou-lhe o empregador.*

Marcha no outro dia uma legião de caçadores à procura do jaguar temível. Quantiosa matilha os segue. Penetram a mata. Esturros e latidos; espingardas e lanças em riste.

Aí vem a braba!

Nosso homem abandona as armas e trepa a árvore mais próxima. Encolhe-se nas folhagens, trêmulo de espanto. Embaixo, felino e cães se embolam; celeuma dos homens. Acuada e sob a mira de todo o arsenal dos perseguidores em az, a pantera sobe na mesma árvore em que nosso herói vigia empoleirado. Vai de ré a fera, hiante, terrível, dente à mostra para os cachorros que a acossam.

Hércules, lá de cima, suplica o favor de Deus, e procura a galha mais alta. Sobe mais a malhada, sempre encarando os perseguidores...

Cristo! Eis o traseiro da onça colado nas barbas do caçador.

Tão alteroso o arvoredo, que pular seria um suicídio. Última instância, última tábua do náufrago: segurar o rabo da bicha. Ele agarrou com toda a força.

Ao pé, olhavam os colegas para cima assarapantados. Nunca tinham visto tão assombroso feito. Ulisses do alto os instrui:

— *Não atirem! Quero levá-la assim viva ao nosso patrão.*

— *Bravo!* — *acodem lá de baixo. Salva de palmas retumba na selva.*

"Uma saída, Senhor! Só uma saidinha..." — *nosso Eneias exora a Deus em silêncio.*

— *Não atirem!* — *torna a bradar aos impacientes que não atinavam com outra saída para aquilo, a despeito da admiração pela "coragem" do outro.*

Tibaaaaa — *ouve-se por fim. Alguém descarregou a cartucheira bem no crânio da fera.*

"Graças a Deus", sussurra em pensamento o Cavaleiro dos Leões, aliviado. Mas afetando grande aborrecimento, grita:

— *Eu não disse para não atirar?! Bando de salta-pocinhas. Com medo de uma "gatinha"... Eu sempre as cacei vivas; e sem o aparato de um Senaqueribe. Por isso mesmo arrojei fora as armas e aqui estou com ela nas mãos. Mas agora estragaram o meu feito.*

Assaz adulado, por fim cede aos muitos pedidos de desculpa e desce. Perante o fazendeiro, os companheiros enaltecem o brio do terrível caçador.

Estão reunidos em círculo; nosso herói recebe os encômios do patrão que discursa ao centro. De repente, arrebitando as asas do nariz, o orador cisma:

— *Um cheirinho desagradável, camaradas...*

— *Sou eu, patrão!* — *acode o pegador de onça pelo rabo, e explica:*

— *Porque, quando me zango eu me cago todo.*

E estava sim, todo borrado, mas de medo.

Os comparsas não seguram a gargalhada. Ele pede demissão, alegando estar inconformado com a "disparidade de métodos" na caçada. O chefe lhe implora, os colegas rogam, e ele aceita ficar. Recebeu o cargo de administrador da fazenda.

Nunca mais saiu à caça, pois dizia ter receio de ser contagiado pela "moleza" daqueles medricas.

Após ele terminar o causo, eu referi alguma anedota, e Lucas sugeriu:

— Façamos uma espécie de concurso, onde se aprecie o gênero conto.

— Quando, onde e quem?

— Eu, você, Laís e a noiva de Josefo — afinal, compõem conosco o número de discípulos particulares do professor Teófilo. Quando? No Natal. Onde? Adivinhe...

— Seu grandíssimo sem-vergonha! Quer um pretexto para badernar na casa do professor, e em pleno Natal.

Rangeu a porta atrás de nós. De repente, meu interlocutor recita outro verso da Ilíada: "Mas eis que Pátroclo estava à porta, homem divino". Então reparei. Sai Josefo coçando os olhos. Mora no primeiro andar; disse ter despertado pela trovoada que eu e Lucas produzíamos cá fora. Após acusá-lo de mentiroso, o baiano deitou-lhe na cara estremunhada um insulto:

— Isto é uma desculpa malvestida para disfarçar a anáclise deste nosso menino: bem sabemos que não suportas a ausência dos adultos e já vens choramingar por mamadeira e carícia!

— O contrário! — protestou o outro — Um homem que tenta morigerar dois moleques mal-educados. Acaso já esqueceram as recriminações de D. Rosilda?

De fato, a dona da pensão já havia nos repassado as queixas de alguns moradores incomodados com a vozeria de outras tantas noites curtidas ali mesmo ao sereno. Eu, Lucas e Josefo, um trio malcomportado. Por precaução, afastamo-nos uns bons passos da porta, colonizando o outro lado da rua.

Este pernambucano é alma enorme que os meus reveses de São Paulo me geraram; irmão que nasceu nas minhas angústias de desterrado. Basta dizer uma: quando conseguiu para mim aquele quarto na pensão e me socorreu, até que arranjei novo trabalho, eu não tinha para onde ir — desempregado e tangido de uma casa cujos aluguéis atrasei.

Ele é cabeleireiro e simpatiza pouco com a leitura; no entanto, oferece à clientela no salão alugado onde trabalha uma pródiga prateleira de livros e revistas. Sua noiva, porém, preza as letras como uma Hipátia. Noivos, apesar das bem fundadas razões de Stuart Mill! Foram as "razões" do coração, desconhecidas pela razão, como afirmou o arguto Pascal, que os prendeu um ao outro.

Josefo é um caboclo pequeno, de rosto bonito e sorridente; ela, uma cafusa, de beleza tão rara quanto raro é entre nós este fruto de indígenas e negros. Anatália, a nubente, vivia na Barra Funda e estudava biblioteconomia.

Logo deixamos Josefo a par da instigante ideia: o concurso.

— Serei um espectador atento e comportado, com muito prazer, mas não contem comigo para engendrar literatura; seria o mesmo que exigir da salina o açúcar!

— E vai casar com uma biblioteconomista! — provocou Lucas.

— É a abelha quem faz o mel, não o apicultor. — Saiu-se com esta o velho e espirituoso malandro, que, apesar de quase nada ter de poeta nem de filósofo, domina a arte dos adágios como um Sancho. Rimos e lhe plantamos na cabeça uns bons cocorotes.

Concertamos. Laís vai adorar, pensei. O professor jamais recusaria um tão sápido banquete, e sua casa, afinal, era uma oficina literária, como ele tantas vezes já havia nos assegurado: "Aqui é a nossa Iowa brasileira!", dizia, comparando a residência "universitária" ao nascedouro da Escrita Criativa nos EUA.

Josefo, eu e a irmã de Lucas folgávamos; este padecia desemprego; Anatália também estava livre. Isto ia vingar.

Subi as escadas sem fazer ruído para não acordar os africanos — éramos ali, eu e os amigos aqui mencionados, os únicos brasileiros. De resto, havia gente de Moçambique, Nigéria e outras plagas d'África. No meu aposento, peguei uma garrafa de café, três copos, um pote de biscoitos e desci tão felinamente como havia subido. Voltei para os dois noitibós que só depreenderam o propósito do meu rápido revoo quando lhes apresentei a bebida, o pote e os copos.

XIII

O MAUSOLÉU SOB O MAR

Demos seguimento ao sarau. Contei-lhes o "achado" das nozes da véspera, Lucas deplorou estar ausente. Fora à República a uma entrevista de emprego num escritório de advocacia, e, em seguida, para a faculdade.

Hoje, Lucas integra aquela sociedade como advogado. Sua irmã era enfermeira, e gostava de literatura; ele adernava para História e Filosofia. Inclinações estas que ajudaram a plasmar forte liame entre nós e o professor.

O irmão de Laís, com um barulho característico de boca, entrou a queixar-se do seu calvário de desempregado, tão semelhante ao do "caçador sujo". O custo de vida em São Paulo, uma enorme cruz de chumbo...

–Verdadeira exação — lastima.

— Apenas em São Paulo? Aponte-me um só palmo de terra no Brasil em que o pobre não venda os rins para arranjar comida e sofrível morada. E que morada! haja vista a sofisticada pensão onde nos escondemos.

— Aqui, Pedro, vende-se não só os rins: ficamos ocos. Isso não chega para o ônus do tributo. E a rua espera os insolventes. Por economia, cogito seriamente parar de usar cueca, essa quase superfluidade da higiene e pudicícia. Já a completamente inútil, a indefensável gravata, faço o diabo para evitá-la (um advogado que odeia gravatas, essa é boa!). Do meu sepulcro, cuide o governo, exator insaciável! Pois onde não se ganha para uma moradia decente enquanto vivo, que se fará para o repouso do esquife?!

— Perseverança e trabalho, negão. Fácil não é, mas... — principiou Josefo, balsâmico.

— Trabalharei ainda mais — Lucas o interrompe, brusco, como sói ocorrer nessas práticas entre amigos –, dizia o cavalo Sansão da fábula. Adoece de tanto carregar pedras para construir o moinho de vento. Num matadouro de cavalos recebe seu prêmio.

— Conversa de cavalo. Agora te lembrarei o que disse a águia, investi.

— Que águia?

— A de Haia. Aquele nosso preclaro conterrâneo, no seu clássico *Oração aos Moços*, aludindo ao poema de *Jó*: "O homem nasce para o trabalho"!

— Ora, não jogues com as palavras. Deixemos o grande Rui, por enquanto. Já ouvistes a história do Mausoléu sob o Mar?

— Nunca. — Eu e Josefo, em uníssono.

— Eu vos conto. Ouvi-a certa vez de um amigo conterrâneo que encontrei por acaso no Mercado Municipal de São Paulo:

"Viveu um homem no sul da Bahia. Negro, pobre e sem conhecer sequer as primeiras letras.

Toda a vida trabalhou para sustentar a numerosa prole. Era uma máquina do labor braçal.

De ponose quase morrera certa vez. A família amargou fome e grandes humilhações enquanto seu arrimo não convalescia.

Malgrado as adversidades, iam crescendo os rebentos, com exceção de dois natimortos.

Quando ele e a esposa decidiram pela separação, foram repartidos os filhos entre ambos. Ela ficou na cidade, onde já residiam, com os menores. Ele, na companhia dos mais crescidos, radicou-se numa ilha do litoral.

Enquanto a aguerrida mãe se avinha como doméstica, o pai trabalhava na construção de um cais numa ilha do arquipélago onde morava. Para o lugar transportava pedras. Um dos filhos ajudava a desembarcar no atracadouro em construção, outro servia no carregamento e transporte; os demais cuidavam doutros misteres.

Certa feita, iam a bordo de uma grande canoa vogando para o dito atracadouro, levando as pedras.

Contudo, no meio do trajeto o elemento líquido se encrespou. O vento fazia ferver o mar. Pejada e pesada, a inerme nau esvaía-se na enormidade... Propulsava-a o remo de um tripulante, enquanto o outro, aflito, tentava desalijá-la. Dançava ao sabor das ondas e, por fim, o abismo engoliu conteúdo e continente.

— Filho, onde está a canoa? — inquire o pai atônito e ofegante.

— Afundou.

— Filho, não posso mais nadar.

— Força, papai! Já chegaremos àquela pedra adiante, que desponta na superfície.

Colóquio doloroso. O pai agarra-se ao moço que braceja contra a maré indômita, demandando a pedra da salvação.

— Papai, morreremos os dois. Não aguento mais levá-lo.

— Siga, meu filho; eu tentarei sozinho...

Com estrênuo esforço galga a distância decisiva o mancebo. Assoma na rocha e olha.

— Papai! Papai! Papai!

Suas lágrimas se unem à mole líquida — assim tão salgada quiçá pelo abundante pranto dos que perderam nela os seus náufragos queridos.

O corpo foi resgatado à deriva no outro dia. A canoa também. Mergulhadores acharam um montão de pedras no fundo do mar, exatamente onde fora a pique a igara. Dizem que se assemelha a uma sepultura adrede construída com esmero.

Para a inumação condigna, não dispunha sua família do dinheiro. Ele que morrera carregando pedras!...

Então, decidi compensar esse digno homem; aliás, para consolar a sua gente desvalida, deixo o náufrago sob aquelas pedras. Por que guindá-lo à tona? Não bastou o espetáculo de uma vida inteira nadando no mar da escassez? Eu o oculto, e assim privo os seus da vergonha de não poderem dar-lhe a mínima das honras fúnebres — um sepulcro.

Deixo-lhe encerrado naquele 'mausoléu' submerso. E é como o vejo sempre na minha imaginação. Assim lhe ofereço as minhas exéquias..."

O meu conterrâneo contou até aí — prossegue Lucas –, e deu-se entre nós este diálogo:

— Parabéns! Você narra como um Andersen. — Avaliei, um tanto emocionado.

— Grato! Mas gostaria que fosse mais uma das histórias fictícias que já contei.

— Tudo isso aconteceu deveras? Conheceste tal homem?

— Este homem era o meu pai! — Disse, com voz de peito entrecortada. Magno tinha os olhos marejados, e não sei descrever a emoção que se assenhoreou de mim ao ouvi-lo. Nada mais lhe falei por alguns minutos; aquele era um lance inédito de sua vida para mim. Temi diante da possibilidade de ter sido ele o partícipe da tragédia; ele, o que nadou impotente até a pedra; ele, o que em vão olhara para as ondas no tentame de ver chegar, posto que exaurido, ao pé de si o genitor... Abracei em silêncio o amigo.

Concentrados, Josefo e eu, ouvíamos o nosso "Demóstenes", que, tivesse ou não razão, sabia nos prender com sua genialidade oratória. Escutá-lo no ardor de suas "defesas" paralisava toda a nossa resistência. Como não seria este paracleto advogando para os seus clientes!

XIV

REMINISCÊNCIAS

"— Também sou negro e baiano — continuou Lucas, inflamado. — Rememorei ali, amarrado naquele amplexo, os séculos lúgubres da escravidão no Brasil. Revisitei as senzalas, o eito e os engenhos. Fui ao útero espúrio dos vasos vogantes, prenhe de filhos não seus, zarpando da África para o averno de além-mar. Vi o primeiro açoite descer e subir sobre as costas anchas, pretas e desnudas. Vi os vergões e o sangue. Ouvi o primeiro vitupério lançado às faces banhadas em lágrimas e suor. Entrei pelas casas grandes, esgueirei-me por alcovas e quintais, flagrei o primeiro estupro da negra menina e indefesa. Não foi um crime... afinal, a negrinha lhe pertencia, ele pagou por 'aquilo'. Vi. Vi a 'piedosa' mão da raça 'superior' punir os pecados da raça 'amaldiçoada'.

"Quando findará a expiação?!

"E vi o Brasil declarar-se independente. Nosso Primeiro Imperador compôs:

Já podeis da pátria filhos
Ver contente a mãe gentil,
Já raiou a liberdade
No horizonte do Brasil...

"Mas os milhões de escravizados negros ainda não podiam cantar. Vejamos se o podem depois do 13 de maio de 1888. Outro dos nossos belíssimos hinos é o da Proclamação da República. Diz a segunda estrofe:

Nós nem cremos que escravos outrora
Tenha havido em tão nobre país...
Hoje, o rubro lampejo da Aurora
Acha irmãos, não tiranos hostis.
Somos todos iguais! Ao futuro
Saberemos, unidos, levar
Nosso augusto estandarte que, puro,
Brilha, ovante, da Pátria no altar!

"O mavioso poema termina com um repto aos brasileiros:
Seja o nosso país, triunfante,
Livre terra de livres irmãos!

"Sim, é um desafio, pois deixa entrever algo a ser conquistado. A última estrofe é a mais congruente com a nossa história, pois a grandeza deste hino não a comporta o 1888 e nem o 1889. São utópicos e — tomara! — proféticos. Há linhas e entrelinhas que ainda aguardam cumprimento.

"Se nossa Abolição foi, como escreveu Gilberto Freyre, um 'descalabro', que dizer do pós-abolição!... Segundo Nabuco, a pátria, à semelhança da mãe, quando não existe para os filhos mais infelizes, não existe para os mais dignos. Isso escrevia ele na Europa, a propósito da causa abolicionista no Brasil.

"Há mais de um século da Lei Áurea, e não posso afirmar, tomando à letra as palavras do grande intelectual, tenhamos já uma pátria".

XV

ESTRELA DA MANHÃ

Pátria. Este vocábulo que fechava o discurso de Lucas sempre me cativou meditativo.

O "Brasil do futuro" antevisto por Zweig ainda não se cumpriu. Outrossim, o paraíso racial que ele acreditou testemunhar entre nós aguarda o porvir. Mas conciliemos (em termos) sua perspectiva com a de Darcy, em *O Povo Brasileiro*: "Estamos nos construindo na luta para florescer amanhã como uma nova civilização, mestiça e tropical, orgulhosa de si mesma".

Nenhum dos dois nega completamente os problemas desse grande país; entretanto, o último perlustrara melhor o âmago da sociedade brasileira e, embora sem descrer de sua posteridade, foi mais realista quanto ao presente.

De uma feita, um colega de trabalho do professor Teófilo lhe fez este desabafo:

— Há muito que desesperei do Brasil! Isto aqui nunca dará certo.

A resposta veio em tom de pilhéria, mas como acicate à reflexão sobre os inevitáveis desarranjos das sociedades humanas:

— Se encontrares um país "dando certo", não migres para lá: isso estragaria tudo...

Estávamos nós três em confabulação profunda, quando ouvimos um trisco na porta.

— O pensador que não dorme, corre o risco de nunca despertar, diz um certo filósofo.

Essa aparente contradição a proferia Laís, olhando pela fenda entre as duas folhas da porta. Viera buscar o irmão. É mais velha, e costumava arrancá-lo desses serões, sempre que não o via entrar depois da "hora de dormir expandida".

Voltei-me e dei com aquele rosto brasileiramente venusto a me olhar. "Pedro, amas-me?", pareceu-me ter ouvido ciciar sua bela boca. Delírio. Eu precisava dormir. Amanhecia, e Laís era a minha estrela da manhã.

— Este energúmeno invadiu a nossa plêiade, e tentávamos, Josefo e eu, nos livrar dele por meios pacíficos. Obrigado por tirar daqui esse cacareco inútil! Dê-lhe uma sova, por gentileza.

Ela sorria e meneava a cabeça. Meus olhos se embebiam naquele sorriso e nele se perdiam. O irmão era levado pela orelha. Josefo também mofava do benjamim submisso.

— Vê se conta para ela tua grande ideia. — Lembrei.

— Minha irmã foi a mentora, seu eunuco! — Ela fez um renuído, que atribuí à sua modéstia.

— Eu já suspeitava — acudi –, dificilmente algo tão elevado sairia de tua cabeçorra inane.

Laís ia sorrindo e aplicando cocorotes na cabeça do irmão. Eu olhava amparado num poste fronteiro ao umbral, porque tudo em mim enfermara. Quem jamais arrostou uma estrela e não teve deslumbramento? Bem que eu carecia de uma boa enfermeira... Josefo sabia do meu doce tormento, e vivia me encorajando a "falar com ela". O professor também me animava, pois eu lhe confidenciei a minha paixão pela irmã de Lucas. Mas eu... eu "chocava com os olhos".

Quatro e meia da manhã. Ufa! Despedi-me de Josefo, enfiei para o meu cubículo. Tombo no catre puído e fecho os olhos. Laís açambarcava os meus sonhos.

XVI

PERANTE O REI

Despertei ao meio-dia. Eu dissipava a última semana das minhas férias.

Lucas rumara, tresnoitado, para o escritório, pois o chamaram às oito — fruto da entrevista na véspera. Laís foi para o seu doente, um velho entrevado, nos Campos Elísios. Josefo hibernou até às dez, abalou atrasado para o salão.

Aproveitei o resto do dia para uma visita ao Museu Afro, no seio do pitoresco Ibirapuera.

Paro ante um rei africano que me olha do quadro, sobranceiro. Ver aquele monarca assim engalanado, livre e poderoso, me fez ventilar de novo certas questões.

Dos inúmeros sequestrados de África e convertidos em instrumentos de trabalho compulsório, quem era de estirpe real? Rei sugere o senhor de um reino com seus súditos, óbvio. E os tais subordinados folgavam livres sob aquele sol adurente nas "tendas da amplidão"?

"Ontem plena liberdade,

A vontade por poder..."

Ó, excelso Castro Alves, quem dera!

A rainha Ginga sentada sobre uma negra servil, que me diz?

Pascoe Grenfell, no seu diário *Cinquenta Dias a Bordo de um Navio Negreiro*, conta haver sido apresentado, em Queliame, a um príncipe negro e seus acompanhantes. Ao ver umas caixas de música dos europeus, a autoridade, encantada, ofereceu por uma delas quatro daqueles seus homens. É isso que chamo de volúpia escravagista.

Há relatos asquerosos de anuência africana à escravidão do preto. Além daquela dita doméstica, praticada nalgumas partes do continente; as outras diversas formas de escravismo vigentes entre os vários povos ali; a exportação de escravos negros no contexto da rota islâmica, substituída depois pela atlântica.

Vejamos um pouco das "glórias" do mulato brasileiro Félix de Souza, na África. Dele, diz Nina Rodrigues: "[…] se tornou o mais opulento e conhecido dos traficantes de escravos e quase monopolizou o fornecimento de escravos para Cuba e para o Brasil". Além de ter recebido do rei africano Gezo o título de *Primeiro dos Brancos*, dentre outras honrarias — incluindo a de possuir harém –, ao morrer no ano 1840 em Ájudá, três homens lhe foram sacrificados e dois jovens decapitados e enterrados com ele. Em outubro do mesmo ano, recebe novas homenagens o "honrado" morto: mais vítimas humanas lhe são sacrificadas.

Incrível? Dos povos que executavam sacrifícios humanos, Voltaire excetuou — segundo suas pesquisas — apenas os chineses. Todavia, no importante livro *Registros do Historiador*, consta haver-se começado na China a sacrificar humanos *para acompanhar um morto na sepultura* em 678 a.C. O imperador chinês Chun-Tchi, por ocasião da morte de sua esposa em 1660, ordenou o sacrifício de mais de 30 escravos sobre a sepultura dela.

Mas voltemos para o rei no quadro e para as minhas indagações respeitantes ao reinado daqueles monarcas pretos de outrora. Aquele, embora recente e mais alegórico que efetivo, passei a encará-lo como contemporâneo da famigerada escravidão africana.

Quem me persuadirá tenha sido a exploração dos africanos pelos africanos mais suave e mais justa que a praticada por outros povos? Ou seria exagero afirmar que nós, descendentes d'África, somos tão imperfeitos como os outros mortais? Expungir nossas máculas, idealizando-nos; enfim, reputar-nos "bonzinhos" é negar a nossa própria humanidade. É pretender guindar-nos à ignóbil altura do etnocentrismo.

No Brasil de ontem se exigia dos escravos o portarem-se "bem", a fim de obter alforria; inclusive, obrigatoriamente, precisavam abandonar suas crenças, seus valores destoantes daqueles nutridos pela gente opressora. Ao melhor deles se dizia: És uma alma branca em pele de negro!

Portanto, desconfio desses argumentos a favor da "superioridade" negra. Oh, não! Serei eternamente negrófilo, sem jamais refolhar a fealdade da nossa história.

Dito isso, não pense algum temerário esteja eu pela mitigação dos crimes perpetrados pelo escravocrata branco.

Que outro povo, na história moderna e contemporânea, passou mais de três séculos sob avania infligida por uma outra "raça"? Está recente, vivo, sangrando, ainda longe da total convalescença.

Eu contendi com o monarca, como se ele fora coevo do tráfico atlântico.

— Vossa Majestade teria sido um dos meus ancestrais? Tenho sangue real? Ou, pelo contrário, meus avoengos figuraram entre a vossa criadagem? O Macambira e a negra Balbina pintados por Coelho Neto no seu *Rei Negro* ressentiam-se, escravizados no Brasil, de uma monarquia perdida em plagas africanas. Eu... também... porventura...?

Ele me encarava hirto. Entre nós um mutismo cheio de perguntas sem respostas. Eu me fui sem olhá-lo outra vez.

XVII

DÁ-ME, POR FAVOR, A PALAVRA LIBERDADE!

No museu há muito mais que apenas "retratos" da escravidão, porém meu roteiro fez-me esbarrar neles. Talvez inconscientemente guiado pelo discurso de Lucas.

Passei em revista essa abjeta instituição na história dos povos. Eu vi a treva sobre o espírito obumbrando na criatura humana a empírica imagem do Criador.

— Isto não foi obra de Deus! — expressei em tom audível, atraindo os olhares de algumas pessoas próximas.

Não importa o naipe de servidão vigente numa sociedade. Seja ela como em Utopia: quem cometesse crime era escravizado; seja expediente "voluntário" de um pobre a fim de sobreviver, como no Israel antigo (Levítico 25. 39 — 43); ou conforme no reino do afamado Hamurabi, em que certos escravos podiam gozar de relativa "liberdade" e usufruir muitos direitos, até o de casar com uma mulher livre, por exemplo.

Não!

Aos fâmulos do grande Salomão, a rainha de Sabá os reputa bem-aventurados por ouvirem a sabedoria daquele. Eu também adoraria estar entre os circunstantes do mais sábio dos homens, mas respaldado na minha liberdade!

Conta-nos Flávio Josefo, sem dúvida o mais importante historiador judeu — embora Voltaire, com certa pitada de razão, o tache de crédulo e exagerado — que após a vitória sobre Jerusalém, Vespasiano e Tito comemoraram em Roma; aí a escravaria envergava rica indumentária cuja garridice contrastava com a tristeza da escravidão gravada em suas faces. Deus me livre! cobrir a desgraça com o aparato da opulência não anula o mal.

Sempre contendor, segui minha inspeção. Olhei para o Brasil, percorrendo-o do século XVI ao XXI.

O jovem escravo Túlio, personagem de Úrsula, de nossa romancista Maria Firmina, desejava uma "escravidão mais suave", visto que, em terras brasílicas, o tratamento de alguns senhores era assaz desumano para com os cativos.

Digno seria responder como Chereas, principal mentor do assassinato de Calígula, a um dos conspiradores que lhe perguntara a palavra do dia. Acostumado a receber como senhas termos vilipendiosos do imperador, o oficial não teve dúvida quanto ao seu mais alto anelo: "Dá-me, por favor, a palavra liberdade!", acudiu.

O naturalista Darwin, quando esteve no Brasil, em 1832, testemunhou neste solo o *pathos* da escravidão. Do capitão do Beagle, FitzRoy, que era concorde com o regime escravista brasileiro, ele ouviu o seguinte relato.

FitzRoy teria visitado um fazendeiro que entrevistara muitos de seus escravos inquirindo deles se desejavam a liberdade. Disseram que não.

Darwin, todavia, argumentou que os escravos bem sabiam o resultado, caso respondessem afirmativamente. O próprio naturalista, ao conversar com um negro da Bahia, enquanto navegavam num *ferry*, relata que gesticulando para melhor ser compreendido pelo interlocutor, este coligia serem os gestos ameaças de agressão, e submisso deixava cair os braços à espera do tabefe, sem jamais esboçar qualquer defesa.

"Nunca me hei de esquecer da vergonha, surpresa e repulsa que senti ao ver um homem tão musculoso ter medo até de aparar um golpe, num movimento instintivo. Este indivíduo tinha sido treinado a suportar degradação mais aviltante que a da escravidão do mais indefeso animal". — Desabafou o autor de *Viagem de um Naturalista ao Redor do Mundo*.

Belo instantâneo do cativeiro neste país, onde tentam alguns nos convencer de que fora amena a condição dos explorados em comparação com os de outros países americanos. Joaquim Manuel de Macedo, em *As Vítimas-Algozes: Quadros da Escravidão*, pontifica: "Nunca em parte alguma do mundo houve senhores mais humanos e complacentes do que no Brasil...".

Tão agradável e tão sublime nação escravista quis ser a última do orbe a declarar findo o inominável sistema.

Depois da libertação, se vemos um Pancrário, personagem do gênio Machado de Assis, levando petelecos, por não escovar bem as botas de seu ex-dono, e, de quando em quando, "alguns pontapés, um ou outro puxão de orelhas, e chamo-lhe besta quando lhe não chamo filho do diabo (...)", ninguém duvida estar a crônica em consonância com a realidade.

Olhai ainda, se tiverdes estômago, para os cabras subservientes ao bondoso avô de Carlinhos em *Menino de Engenho*, de José Lins. O enredo está situado no pós-abolição. Se aquele arremedo de liberdade na propriedade de um antigo escravagista era o mais suave dos ambientes rurais brasileiros para um preto "livre"; se era aquilo uma espécie de paraíso em relação às propriedades pertencentes a senhores mais duros... Vote!

XVIII

DA PERSPECTIVA CRISTÃ

Em pensamento, olhei também para o Cristo do escravocrata. Em termos, também é o meu Cristo.

De Evangelho aberto numa das mãos, com a outra o senhor não hesitava em brandir o azorrague contra as espáduas do preto. Nem titubearia em chicotear o próprio Messias, aparecesse Ele transfigurado, tez escura, entre aqueles miseráveis. Mas não se fez necessário essa teofania antropomórfica: a escravidão empreendida por aqueles "fiéis" bastou para desfigurá-lo e derreá-lo perante todo o universo!

A vertente cristã predominante no Brasil de então — o catolicismo romano — não se limitou a assistir indiferente ao martírio dos pretos, senão que também conspirou para o seu recrudescimento e continuidade. Ouçamos duas testemunhas.

O aclamado "Patrono da Raça Negra", Joaquim Nabuco: "A deserção, pelo nosso clero, do posto que o Evangelho lhe marcou foi a mais vergonhosa possível: ninguém o viu tomar a parte dos escravos, fazer uso da religião para suavizar-lhes o cativeiro, e para dizer a verdade moral aos senhores. Nenhum padre tentou, nunca, impedir um leilão de escravos, nem condenou o regime religioso das senzalas. A Igreja Católica, apesar do seu imenso poderio em um país ainda em grande parte fanatizado por ela, nunca elevou no Brasil a voz em favor da emancipação".

Agora, escutemos o eloquente Vieira pregar para os escravos dum engenho na Bahia:

"[...] *é que deveis dar infinitas graças a Deus por vos ter dado conhecimento de si, e por vos ter tirado de vossas terras* [...] e vos ter trazido a esta, onde, instruídos na fé, vivais como cristãos e vos salveis."

O gigante dos púlpitos declara convicto nesse sermão haver a natureza gerado os pretos "da mesma cor de sua fortuna", e prossegue, sempre tentando edulcorar o amargo da servidão naquele engenho de açúcar, para ele, um "doce inferno":

"Mas, se entre todo esse ruído, as vozes que se ouvirem forem as do Rosário, orando e meditando os mistérios dolorosos, todo esse inferno se converterá em paraíso, o ruído em harmonia celestial, e os homens, posto que pretos, em anjos."

O jesuíta ainda interpreta como cumprimento da profecia acerca da salvação dos etíopes, a conquista da África e a exploração dos negros pela Europa. Nunca lhe ocorreu, porém, o caráter voluntário desta salvação:

"Não por força, nem por violência, mas pelo meu Espírito, diz o Senhor dos Exércitos." (Malaquias) e: "Se alguém tem sede, que venha a mim e beba." (Jesus Cristo).

Agostinho reputa causa primeira da servidão o pecado, "que submete um homem a outro pelo vínculo da posição social". Diz ser ela consectário do juízo divino sobre os delinquentes.

Mas o bom europeu, sob a bênção do sumo Pontífice, crendo-se instrumento do Altíssimo para punir os pecadores, ao passo que também lhes ministrava as "bênçãos espirituais", estribara-se com piedosa obediência no parecer agostiniano. Jamais, porém, lhe comoveu a afirmativa desse egrégio pensador: "Quis — Deus — que o homem racional, feito à sua imagem, dominasse unicamente os irracionais, não o homem ao homem..."!

E se o "pecado" do africano justificava sua opressão pelos filhos de Jafé, que diremos dos pecados destes também? Se Cristo lhes bastasse, uma só palavra Sua lhes sustaria o golpe agressor: "Aquele que dentre vós está sem pecado, seja o primeiro que atire pedra...".

Era fardo muito pesado, e despiciendo, para a gana imperialista e "evangelizadora" daqueles homens. Então, sobre as pegadas de um fervoroso e espiritual Livingstone pela África, seguia o edaz captor de negros.

É certo que conforme ensina o Doutor das Gentes aos coríntios, o servo cristão é 'liberto do Senhor', não implicando isso a alforria, mas a sua condição espiritual de regenerado. Todavia, a maneira persuasiva como o mesmo Paulo escreve a Filemom — ao lhe enviar o fugitivo Onésimo, agora convertido por intermédio do apóstolo –, admoestando-o a receber o outrora escravo como irmão amado, transluz que o verdadeiro Evangelho não aquiesce à instituição perversa da escravatura. "Amarás o teu próximo como a ti mesmo". — Esta regra fala muito por si só.

Terá, contudo, razão o autor de *O Contrato Social*, quando afirma: "O cristianismo só prega servidão e dependência. Seu espírito é demasiado favorável à tirania para que esta não tire proveito disso sempre. Os verdadeiros cristãos são feitos para serem escravos; sabem-no e não se comovem com isso; essa vida efêmera tem pouco preço aos seus olhos"?

Respondo. Não há quem depreenda o cristianismo bíblico e possa logo concordar em submeter o próximo ao cativeiro.

Uma pobre mulher indiana, conta-se, sem meios para ajudar na construção de um templo cristão, vendeu-se como escrava e ofertou o preço de sua liberdade à igreja. Deus perdoe a ignorância da tal devota! Assusta-me a aquiescência do "pastor".

XIX

TRIBUTO A ZEFERINA

Notei naqueles "retratos", através das entrelinhas, a morbosa condescendência de certos oprimidos.

Irra!

Muito retado eu maldisse o negro que oprimiu seu irmão; injuriei os pusilânimes e tolerantes, passivos debaixo da canga inominável ou afeiçoados às blandícies proditórias do solar.

Em espírito, enalteci o preto revel; fui ao quilombo e dancei ao som das marimbas e berimbaus, agogôs e atabaques; escutei o alô do *akpalô*; ginguei a ginga do capoeira; nas sublevações eu era pivô; cantei o canto da liberdade...

Se vimos a preta velha saudosa dos tempos de escrava, como nos conta Lima Barreto no *Triste Fim de Policarpo Quaresma*, explique-se tal atitude à luz das palavras de Rousseau:

"Os escravos tudo perdem nos seus grilhões, até o desejo de se livrarem deles..."

Mas ainda aqui observo. Em vez de 'os escravos', por que não dizer 'alguns escravos'? — tais como a do romance de Lima Barreto.

Ou, do contrário, como explicar as sublevações de escravos ao longo da história? E que diremos das muitas revoltas de negros na Bahia escravista, entre tantas outras insurreições quejandas no Brasil de então? O que levou os haitianos a sacudirem o jugo francês? Enfim...

Compare-se a mulher passiva do romance com a destemida negra Zeferina, da Bahia, conforme lemos em Nina Rodrigues: "Nessa ocasião foi presa a negra Zeferina, com armas na mão..."

XX

SALVAR A HISTÓRIA

Rocei com os olhos outras peças do acervo. Ante uma engenhoca do tempo da escravidão empaco. Diabo! Toquei o maldito objeto com a mão. Um guarda me advertiu:

— Não mexas!

Quisera eu — tal qual Dom Quixote, que arremeteu contra os títeres de Mestre Pedro, por haver notado entre eles figadais inimigos dos espanhóis, os mouros — destruir aquele instrumento que tão bem me enucleava o passado ignominioso de trabalho forçado do meu povo?

Então, aqui no Brasil, salvo raras exceções, se dava como testemunhou a alemã Ina von Binzer: "Todo trabalho é realizado pelos pretos, toda a riqueza é adquirida por mãos negras, porque o brasileiro não trabalha...".

Movia a imprudente mão o mesmo espírito que acicatava o filho de Macambira, herói de Canudos, a "escangalhar a matadeira"? — O canhão Whitworth do exército brasileiro foi assim apelidado pelos sertanejos, conforme relata Euclides da Cunha.

Renão. Longe de mim querer danificar a peça. Foi descuido, e o guarda estava certo: deve-se preservar o acervo. É documento histórico; velemos pela sua incolumidade. Envidemos todo o esforço necessário para que essas memórias, embora tétricas, jamais se desvaneçam. Exorta-nos Lino Guedes:

"Negro preto cor da noite

Nunca te esqueças do açoite
Que cruciou tua raça [...]"

Sem dúvida, um dos piores atos do gigante Rui Barbosa foi decretar a queima dos registros do comércio de escravos no Brasil. A justificativa era eloquente, mas equivocada: poupar nossa história daquele estigma. Conversa velha. A primeira constituição do país, outorgada por D. Pedro I em 1824, sequer mencionava os milhares de escravos brasileiros. Inteligente como era, não é improvável que o ministro "Águia" quisesse, com uma só borracha, apagar os registros e a esperança de indenizações dos "lesados" ex-donos de negros. Foi a mutilação da verdade histórica!

Aqui aprendo e estendo. Aqueles que à guisa de depuração da história — contrassenso sacrílego! — saem por aí "adaptando" obras para torná-las mais palatáveis às novas gerações, prestam-lhes grande desserviço.

Como se pudéssemos voltar e mudar os fatos de antanho. Outro era o contexto, outra a mentalidade. Execrar, e não negar. Abominar, e não destruir. Aprender com o sucedido, e não fazer-lhe tábua rasa.

Se o Maestro de Soriguerola ao representar os onze apóstolos na Ceia, onde não aparece Judas Iscariotes, quisesse pintar a cena terrena e não a celestial, diríamos com razão estar ele suprimindo o traidor e traindo a história!

Não advogo o culto a personagens ou fatos deméritos. Entretanto, elidir os "elementos insofríveis" não nos ajuda a melhorar o presente, nem tampouco a construir um grande futuro. Se o pensamento de um autor não calha com os nossos valores e princípios, poupemos, todavia, o documento.

"Não mexas!", rugiu o guarda. Prestemos ouvidos.

Alterar, corrigir, reinterpretar, redefinir — resguardadas as devidas proporções — é amputar, é trair, é negar, é delir, é matar.

Quero *O Mercador de Veneza* com tudo que ali se diz contra o judeu. Não alterem *A Megera Domada*, posto que talvez inçada de "machismo" a obra. Do contrário, também olharemos desde o nosso *Admirável Mundo Novo*, e afirmaremos com desdém:

"Havia uma coisa chamada Shakespeare"!

Humboldt pergunta:

"Que progresso pode a civilização dos povos alcançar se nada mais vincular o presente ao passado, se os depósitos do saber humano hão de ser repetidamente renovados, se os tesouros onde se abrigam o gênio e a razão já não podem ser transmitidos à posteridade?"

Conscientes, nunca desmemoriados.

Eu contendi perante os documentos do museu. A tarde já envelhecia. Abandonei o parque às pressas. Ao passar pelo virente gramado, li, em letras garrafais, na peanha da estátua de Ibrahim Nobre:

"EXÍLIO?! PODEM TIRAR A GENTE DO CORAÇÃO DA PÁTRIA, MAS NÃO SE TIRA A PÁTRIA DO CORAÇÃO DA GENTE."

E este belo e sonoro vocábulo com que Lucas fechara seu discurso naquela madrugada volvia ao meu espírito. Para quê? Para lembrar-me que sou um "exilado" dentro de meu país?...

XXI

ASPECTOS

O ônibus costurou pela Brigadeiro Luís Antônio, Alameda Santos e Paulista; coleou por outros mil meandros, até surdir na Princesa Isabel.

Meus olhos alternavam do livro aberto no regaço para os cenários e cenas velozes que, através do vidro, a cidade me ofertava. Como ao personagem de Dostoiévski, em *Pequenos Quadros (Durante uma Viagem)*, o périplo do Ibirapuera ao Bom Retiro me daria muitas páginas para escrever. No entanto, preferi imitar o doutíssimo Agostinho, como se lê no nono capítulo do décimo oitavo livro de *A Cidade de Deus*:

"Quantas e que coisas poderiam ser ditas aqui, se nossa pena não estivesse com tanta pressa!"

Portanto, darei às minhas impressões o delineamento conveniente ao escopo que me propus.

Da janela a perspectiva lá fora se me abria mesclando o tosco e o pitoresco. Apreendi o tanto que pude. Em face dos "quadros", não me fiz indiferente tal qual o andarilho de Drummond ante "a máquina do mundo".

O torreame belo e alteroso; as mansões faraônicas; os espaços de truz. Frontispícios, muros e portas pichadas; um belo mural de Kobra parecia um instantâneo estampado algures — supimpa! Botecos sebosos; modestos casarios; prédios apodrecidos pelo tempo e desamparo — inóspitos, não desabitados... Cortiços enquistados no seio da nobreza.

Mora gente ali? Cuecas, calcinhas, toalhas de banho e outras peças de vestuário estendidas em cordéis nas varandas do edifício "abandonado". Uma criança assoma por entre as roupas pensas. Que risco!

Passemos.

Aqui ergue-se inexpugnável muralha; o aparato formidável de segurança protege os condôminos lá dentro. Certamente o porteiro já notou aquele mendigo que bisbilhota através da grade — qual Lázaro à porta cobiçando as migalhas sob a mesa opípara do rico. Neste exato momento em que escrevo, vaga pelas ruas da capital milhares de pessoas em "situação de rua"; segundo algumas fontes, o número ultrapassa os 60 mil. Um abismo intransponível nos separa... Ou talvez não!...

Na mais cosmopolita e populosa cidade do país, a diversidade e a mixofobia se abalroam inevitavelmente. Rememoro um trecho de Rafael Cortoisie, em que uma família norte-americana que se muda para Los Angeles reclama de não se poder estar ali sem o infausto contato com hispanos, psicopatas, viciados, negros etc., e conclui: aqui "não se pode viver". Quão infeliz a expressão do talentoso Alcântara Machado, que indigita em *Brás, Bexiga e Barra Funda*, uma rua de São Paulo: suja de negras e cascas de amendoim!

Os "indesejáveis" perseguem os passos do "cidadão seleto".

Declarou Zygmunt Bauman no seu *Amor Líquido*:

"Em São Paulo, a tendência segregacionista e exclusivista se apresenta da forma mais brutal, inescrupulosa e desavergonhada. Mas pode-se sentir seu impacto, embora de maneira um tanto atenuada, na maioria das metrópoles".

E eu gostaria de desdizer o sociólogo polonês, mas os fatos o advogam irrespondíveis. Cristo chorou sobre Jerusalém. Choro sobre São Paulo às vezes. Há algum tempo, enquanto o professor

Teófilo discorria acerca das questões atinentes à vida nesta urbe, uma paulistana o interpelou furiosa:

— Por que não voltas para o teu rico e aprazível Nordeste?!

Ele agradeceu o reconhecimento da riqueza e aprazibilidade nordestinas, mas recordou-lhe: — O Nordeste, bem como São Paulo e toda esta imensidão territorial chamada Brasil, pertencem a nós ambos. Ou, pelo menos, deveria pertencer...

Entre nós é comum as discussões (políticas, sociais, religiosas etc.) esbarrarem nessas fronteiras facciosas.

Quando o brasileiro nordestino ou de qualquer outra porção nacional migra para Sul ou Sudeste — indiscutivelmente as regiões mais desenvolvidas economicamente –, ele não desembarca aí só para colher as "divícias do Eldorado". Via de regra, traz a sua força de trabalho, o "cabedal", a alma.

Hoje, talvez não menos acentuadamente que no século passado, ainda testemunhamos aqui esses "desníveis regionais internos" — no dizer de Boris Fausto e outros intelectuais. Asseverou Milton Santos, com acerto, que tal situação no Brasil é resultado de uma longa evolução.

De uma feita, sonhei, e no meu sonho vi o povo brasileiro espelhar-se em suas águas imensas. Contrariamente ao narcisismo, que só vê perfeição, ou, pelo contrário, o fatal autodesprezo do homúnculo — de Oscar Wilde, após olhar-se no espelho –, o gigante sul-americano, sem desamar a própria formosura, considerou também as manchas que lhe eivavam. Caiu n'água e tomou um belo banho...

Mas deixemos rodar o coletivo.

Para longe de mim, diabo coxo! Contenta-te com os olhos e ouvidos de Cléofas. Expõe e maldiz a Espanha. Xô! Quero ver o belo, ainda que incrustado na fealdade.

Ali um rosto oriental... uma carapinha... uma loura melena. É a parada de ônibus. Na plataforma, cada um espreita o seu.

Vem entrando uma senhora de véu semicerrando o rosto; conversa numa língua semita com dois rapazes.

Deponho o livro fechado sobre o colo. Olhos imersos na miscelânea. A alteridade me inebria. Perco-me nesses universos outros, que ao meu microcosmo vêm falar em tantas línguas estranhas, por vezes ininteligíveis. Sinto, porém, o unívoco no variegado de nossas existências.

Veio espertar-me do devaneio uma criança pequena. Saltitava no regaço da mãe — mulher branca sentada ao meu lado — e não parava de rir para mim agitando os bracinhos. Que inocência travessa! Que alacridade angelical! Sorri. E não nos proíbas, ó rei Déjoces, pois o riso das crianças desperta em nós o humano. Segundo Heródoto, esse rei medo proibiu os súditos de rir. A alusão calha, pois uma moçoila — talvez irmã da pequerrucha animada — que assistia ao lado, repreendeu-a dizendo: "Pare com isso! O moço — referindo-se a mim — pode não gostar!".

Não tive tempo de justificar a minha insonte e desconhecida risonha, visto ter chegado a sua parada tão logo findou o discurso da repreensora.

XXII

O POETA CLAMA POR REFÚGIO

O livro que eu vinha lendo consta de vários poemas, achei-o na biblioteca do professor. *Alto Retiro*, bem elucidativo o nome. Canta o poeta nas duas primeiras estâncias do poema *Adeus*:
"Cicuta à 'civilização'!
Cessai o rataplã, rombos tambores!
Abafem-se os bombos berradores!
Encovareis o meu diapasão?!

Eu, célere escapo da cidade:
Idílicas demando solidões.
Almejo dar à lua liberdade
E desatar as vozes dos trovões."
    Exalta o bucólico e não rebuça a antipatia pelo ambiente citadino. Preconiza o retiro. Mas agora, adeptos do repouso ou do solipsismo, ouvi as palavras do filósofo Matias Aires, em sua preciosa obra *Reflexões Sobre a Vaidade dos Homens*:
"Alguns fogem da sociedade; ou por cansados do tumulto, ou porque conhecem os enganos do aplauso; porém ainda esses lá se formam uma crença vaidosa de que os homens falam neles, e discorrem sobre a causa dos seus retiros. Quantas vezes nos parece que o bosque, que nos serve de muda companhia, se magoa dos nossos infortúnios, e que o vale recebe o sentimento das nossas queixas, quando em

ecos entrega aos ventos, partidos, os nossos ais! Parece-nos que a aurora nasce rindo dos nossos males; que as fontes murmuram dos nossos desassossegos; que as flores crescem para símbolo das nossas delícias; e que as aves festejam os nossos triunfos."

Por acaso não é bem assim?

Entretanto, convenhamos, seja vão tentar enumerar todas as desvantagens de se viver nas grandes cidades. Fora de dúvida que o abraço da urbe é letal para muitos. Quem poderá fugir? Dentre os desejosos de escapulir, poucos o logram. Há os que não queiram também.

Ouçamos um entusiasta da vida urbana:

"As pessoas pobres chegam constantemente a Nova Yorque, São Paulo e Mumbai na busca de algo melhor, um fato da vida urbana que deve ser comemorado.", escreve Eduard Glaser, em *Os Centros Urbanos, A maior invenção da humanidade*.

Pouco mais acima, ainda na introdução do livro, o autor declara: "As cidades não tornam as pessoas pobres; elas atraem pessoas pobres."

Hum...

Reflitamos.

O autor dos versos que eu lia, ao que me parece, almeja um alheamento da sociedade irrequieta para melhor interagir com as obras do Criador, à puridade, tal como expressou a narradora de Úrsula: "Eu amo a solidão — diz ela, e justifica — porque a voz do Senhor aí impera; porque aí se nos despe o coração do orgulho da sociedade, que embota, que o apodrece, e livre dessa vergonhosa cadeia, volve a Deus e o busca e o encontra..."

Pois bem. Lemos nas duas últimas estrofes do poema:
"Abaixo, torre tosca de Babel!
Anelo a edênica natura.
Ínclitos corais, coros do céu,
Catártica cantais coloratura...

A estes bestiais urros urbanos
— Anátema! — dou meu mudo adeus:
Tumultos miasmáticos mundanos,
Escuto a orquestra do meu Deus!"

 O professor Teófilo — apóstolo maior da "existência poética", embora não pregue o alienar-se do convívio social — privou com ele, tendo colhido o depoimento que se segue. Determinado dia, enquanto ouvia, malgrado seu, o barulho ensurdecedor de "músicas" que não lhe agradavam — como sói acontecer nas favelas paulistanas –, de repente viu nublar-se a atmosfera, ribombar o trovão e chover torrencialmente. Cessou a pândega e a natureza fez prevalecer o diapasão glorioso. O menestrel tomou o cálamo e escreveu.

 Embora não se tenha alienado fisicamente do lugar, na catarse de sua pena alcançou dar-lhe adeus. Esnobismo?! Não. Antes, uma certa pitada de "desrealização", para melhor tragar o cálice, por vezes absíntico, da realidade.

 É compreensível o desgaste de quem vive nalgumas periferias. Geralmente, mora-se em casas imbricadas, tão próximas que o menor ruído se ouve em toda a vizinhança. O mesmo se dá com os odores, bons ou maus.

 Chora criança, late cachorro, casal alterca, jovens riem, o teto vai desabar. Os ais lânguidos, risinhos deliriosos, a característica percussão do leito na hora do amor...

 Aí a própria felicidade depõe contra o pobre; e parece que o vizinho "inconformado" amarga profunda querofobia.

 O vigilante noturno precisa dormir — de dia. Dói a cabeça do fulano; beltrano tem dor de dente; mas um outro traz os tímpanos calejados — ou arrombados — e já não lhe molesta a polifonia infernal.

 Os "bailes" trovejam nas ruas. "Casas de shows" improvisadas atroam... e atormentam.

 Desgraça! Abaixa o som. Vou chamar a polícia...

Enquanto escrevo, os telejornais da capital noticiam a morte de uma senhora, esfaqueada por um dono de bar que mantinha o volume do som altíssimo e não gostou do protesto da "incomodada".

Ainda no século XX, o estudioso Richard Meier afirmava: "Nos extremos máximos de pobreza as pessoas são felizes, pois não tendo nenhuma esperança de melhora, também não têm qualquer tensão. Isto acontece tanto nos países pobres da Ásia, como da América Latina e da Europa".

Se não é completamente desarrazoado, também não me parece com total razão. Entretanto, "os autênticos infelizes", para usar uma expressão dele, são os esperançosos de uma vida melhor.

Lembrando que em nossas "comunidades" não vivem só "pobres". É consabido o dinamismo econômico, a "vida própria" de algumas favelas: inclusive, com acentuada presença da classe média. Haja vista a nossa Paraisópolis.

Sim, parece alogia, mas há uma 'lógica eloquente' em tudo isso.

Em boa parte do Brasil mora-se mal. Até as "estâncias" construídas pelo poder público geralmente são medíocres — por faltar-nos adjetivo mais conforme. Os políticos, no entanto, comemoram: transformamos favelas em "bairros"!

Quanto aos que incriminam a pobreza, esconjuro! A favela mais deprimente de São Paulo abriga do ótimo ao imprestável. O mesmo se diga dos seus "bairros excelentes".

Pode vir alguma coisa boa de Nazaré? — pergunta incrédulo Natanael. Sim, Jesus veio de lá. Admiro *O Cortiço*, de Aluísio Azevedo, não assentindo, embora, que o homem seja, sem qualquer ressalva, um produto de seu meio ou posição social.

Mas ainda a propósito dos versos em apreço, pergunto: quem garante não vá "urbanizar" as edênicas paragens o fugitivo?

Aos europeus setecentistas inconformados com o ambiente em constante transformação na Europa industrializada e urbanizada, o continente americano com suas deslumbrantes paisagens e riquezas naturais imensuráveis se apresentava qual paraíso, convidando-os a todo momento para nele folgar e "construir um mundo melhor".

Bem observou a historiadora Nicia Vilela:

"Não percebia, porém, que já impregnado dessa nova ordem que se estabelecia na Europa, o civilizado ocidental ao refugiar-se no seio da floresta virgem, não poderia deixar de imprimir essa mesma ordem na eventual sociedade que aí procurasse fundar".

Notamos que o descarado Macunaíma, uma vez imbuído da "civilização latina", escreve às icamiabas, desde São Paulo, propondo drásticas reformas no Império do Mato Virgem. Este, por sinal, chamar-se-ia Império *da Mata* Virgem:

"[...] por que iniciemos, quando for do nosso retorno ao Mato Virgem, uma série de milhoramentos [sic)], que, muito nos facilitarão a existência, e mais espalhem nossa prosápia de nação culta entre as mais cultas do Universo. E por isso agora vos diremos algo sobre esta nobre cidade, pois que pretendemos construir uma igual nos vossos domínios e Império nosso."

Cáspite! Acaso não é este o espírito que, não raro, acaba possuindo também ao bucolista? A famosa carta do chefe Seattle ao presidente norte-americano Pierce convida-nos a refletir outra vez.

Desembarco na praça Princesa Isabel. Livro fechado sob o braço. A cabeça cheia de indagações.

XXIII

CONCURSO

Chegou o Natal. O concurso literário atravessou a noite na casa do professor. Muitos conhecidos nossos acorreram.

As histórias vencedoras foram quatro: *Remédio Tremendo*, escrito por Laís; *O Preceptor das Crianças Pobres*, de Lucas; *O Crepúsculo e a Lua*, contado por Anatália; *Espantos da Puerícia*, obra de Silveira.

Quanto ao nobre Silveira, devo lembrar que se trata do "bom samaritano" que recebeu em sua casa, no ápice da desdita, o professor, conforme se lê no capítulo III deste livro.

Por que não figuro entre os ganhadores? Escrevi um conto inspirado na seguinte cena que um dia testemunhei numa rua de São Paulo.

Uma senhora mendicante possuía multidão de cachorros, que viviam com ela em sua pobre barraca. Lembrei do que diz Aristóteles na *Retórica,* aludindo à vergonha de não se possuir um cão, pois era — entre os antigos gregos — sinal de avareza. Tento estudar a mendiga, realçando o paradoxo, atribuindo àquela sua generosidade uma espécie de protesto à filargíria de alguns paulistanos. Material de sobra havia; entretanto, contrariando as lições de Horácio e Longino, deixei a técnica e a inspiração andarem divorciadas.

Além do professor, foram juízes: o autor do livro de poemas acima referido (um tal Marielson) e sua mãe (Rosa), mais alguns escritores e docentes, totalizando uns dez. Vejamos a seguir as narrativas eleitas.

XXIV

O REMÉDIO

A noite se abate trevosa sobre o caminho estreito e flexuoso. Estamos numa "ilha" vegetal baiana, nesga supérstite de um império verde que outrora dominou nosso litoral.

Vozes mil de criaturas da noite se entrechocam no mato. O céu não dá uma só estrela que acene mesmo longínqua ao viandante: aliás, os viandantes, pois eram dois. O candeeiro a querosene amarelava uma lucerna mesquinha, mal chegando para se lobrigar a picada.

Bichos piam, regougam, grunhem, pipilam, gritam, rojam nas folhas, fugindo aos andarilhos; pirilampos cintilam como piscos olhos de fogo na caligem.

Como se pudesse acendrar o negror noturno, o vento varejava insistente.

Tropicam os dois compadres, zanzarilham, caem às vezes, tentando acertar a senda. Esta cortava a brenha comunicando o vilarejo deles a uma bodega distante. Aí se dessedentavam, amiúde, com o mel que a abelha nunca soube fabricar.

Na ocasião em apreço, voltavam da taverna a desoras.

Estugam. Mais uma queda. Lá se vai o candeeiro para o meio do inextricável — luz extinta.

— Desgraça! Valha-me Cristo.

Levanta. Acende-se um princípio de rusga entre os noctívagos, mas logo se apaga como a luz do candeeiro perdido. Brigar para quê? Amigos para todo o sempre. Nas trevas se abraçam, gargalham e engrolam canções. Agarrados dançam; e o chão os vê baquear outra vez. Sus! Erguidos. Vamos que vamos.

— Eu sou a luz do mundo, disse o Cristo. — Um recita para o outro. Nenhum, porém, se lembrava, e nem o queria, donde estava escrito ou quem escreveu:

"Não olhes para o vinho, quando se mostra vermelho, quando resplandece no copo e se escoa suavemente. No seu fim, morderá como a cobra e, como o basilisco, picará."

— Onde estamos, compadre?

— Fé em Deus, camarada, chegaremos já.

Da trilha se alongam... caminham e descaminham noite adentro; embrenham-se mais e mais no ventre do labirinto.

De repente:

— Ai!

— Compadre?

— Acode!

— Que foi?

— A surucucu me picou.

— Homem, não brinca...

— Estou perdido. Ai! meus filhinhos; minha mulher de ouro... Amigo!

Uma luzinha, porém, desponta; no ânimo do amigo comiserado ideia feliz tremeluz: adminículo capaz de mitigar e, quem sabe, tornar nulo o lance aziago. Só precisava coragem. Entusiasmado, endireita-se para o moribundo, tenta lhe emoldurar carinhosamente o rosto com as duas mãos e beijar-lhe a testa. Não consegue, mas anuncia triunfante:

— Nada está perdido. Coragem! Temos o remédio, um santo remédio.

— Cachaça! Ainda tem? Não esgotamos a botija tão logo saímos da venda?

— Sim senhor; no entanto me refiro a outra panaceia.

— Pois diga logo, senão morro de veneno ou de ansiedade!

— É pra já. Faço agora mesmo; tô até com vontade... Como Deus é bom!

— Sim, homem de Deus, mas não proteles nem compliques; diga-me o que é esse elixir da vida e como o vais arranjar.

— Elixir da vida! Isto mesmo. Céus! Uma luzerna em pleno breu.

— Compadre-amigo-irmão-companheiro-servo-de-Deus... pare com esse mistério, que já estou retado!

— Paciência, meu amiguinho. Está quase pronto.

O outro silencia acabrunhado. Instante cuntatório. Nenhum cigarro, ou uma "dose" sequer para engabelar a agonia. Inferno.

Aí vem o solícito:

— Aqui! Onde estás? Tome. Chegue mais perto. Tape bem o nariz; o "negócio" tá nesse embrulho de folhas. Chegue à boca, abra o pacote e trague de uma só vez. Engula tudinho, vamos! Sem fazer carranca. É sua chance...

— Compadre! Que diangas é isso? Não vá me dizer que é... o que... estou... pensando...

— Deixe de cheiro mole, homem! Engula e não engulhe.

— Renão! Nunca ouvi dizer que bosta sirva de remédio. Pois renego! O diabo que o tome para si. Lá ele! Prefiro a morte.

— Alma farta que pisas o favo de mel! Não finjas estar empanturrada, que morres à míngua. Houve até um profeta, cuja graça não me ocorre agora, a quem Deus ordenou ingerisse o que agora menosprezas. Tu, reles cachaceiro, menoscabas o que foi proposto a um homem santo?

— O profeta se chamava Ezequiel, senhor teólogo! E é sabido também que recusou a asquerosa refeição, muito embora o Divino tivesse lá suas razões para tal lhe propor. Outrossim, foi-lhe permitido manducar excremento de vaca em vez do humano produto. Está escrito. Aceitas assim, ou queres alterar o Cânone Sagrado?

— Porém esse manjar vicário não serviria para curar alguma picada de cobra, né? Mas suponhamos fosse válida no caso presente tal substituição. Pergunto: onde encontraríamos uma vaca ou seu esterco nessa mata escura? E se em lugar de estrumo de vaca topássemos o da cabra, cabrito, boi ou jumento?

— Do jumento já o temos...

— Como é, Iscariotes?!

— Capataz dos imbecis e pedantes! Por acaso és algum especialista? Saturas-me com dez mil passagens bíblicas, arrancando-as inescrupulosamente do contexto, numa tremenda velhacaria, fazendo uso seu para fim tão hediondo. Herege, falso profeta, cínico e charlatão! Transitas pela exegese bíblica como se fosses Orígenes, Atanásio, Agostinho, Tomás de Aquino ou Antônio de Pádua. Ademais, invades o terreno da farmacêutica, pontificando, prescrevendo, manipulando. Milagreiro, como o anjo que andava com Tobias e lhe ensinara extrair remédio eficacíssimo das entranhas do peixe: revelas-me — Curandeiro mor! — o segredo para a cura maravilhosa, saído de tuas próprias entranhas... Já dizia Orwell: "Apenas um tocador de tambor, mas, ainda assim, citava Dante"!

Vê-se por meio dessas ponderações que os dois não estavam tão embriagados ao extremo de fugir-lhes toda a lucidez. Verdade é que pecava por exagero o acusador, pois o outro aludira a tão só um passo bíblico malgrado se lhe atribuísse dez mil citações. Também é notória em ambos uma certa cultura livresca, principalmente o queixoso.

Depois das invectivas e vendo-o tão refratário ao generoso contraveneno, o socorredor explodiu:

— Ingrato! Grande filho de uma p... Dou-te a salvação e me retribuis com vitupérios, sevandija?! Agora te mostrarei para que servem estes punhos. Já te curo, meu paciente — com peia!

Então, que se pode imaginar!... Uma terrível heteromaquia, dois ébrios arcando na alma da floresta entenebrecida. Invisíveis, mal conseguem se roçar de quando em quando. Maior parte dos golpes é desferida no ar ou nas árvores e arbustos inculpáveis. A fauna selvática assiste ao prélio com terror:

"Pontapé no jacarandá, murro e sopapo na embaúba, tapa e sacolejo os recebe a embira e a sucupira; agarra-se ao trançado imbé crendo ser uma perna; saruê escarreirado, bacurau sarapantado; grilo pula, sapo sofre sob um pé; estrangula-se o gravatá, confundido com uma cabeça; mordem o tronco do pau-d'óleo; a juçara nunca sofreu tanto; coça bruta na peroba, no ipê e no angico majestosos; geme a jurema, plange o jatobá; apanha mais uma vez o icônico pau-brasil..."

Não. Pugna assim não houve. A zanga não ultrapassou o terreno das palavras. Ameaçado, o compadre que já levara noutros porres uns bons sopapos e disto guardava nítida memória — belo escarmento –, resolve obtemperar:

— É... Não há mais teimar... engulo tudo de uma vez e ambos ficamos satisfeitos: o senhor, por me salvar, eu, por ser salvo.

Amainado o ódio, diz o comparsa enternecido:

— Graças a nosso Senhor! O demônio não triunfou desta vez, não conseguiu levar à morte o meu bom companheiro, não o fez sucumbir pela soberba.

— Amém. Agradecido para sempre, meu Hipócrates. "Que este alimento seja meu remédio, e que este remédio seja meu alimento".

Assim discreteavam e, ao mesmo tempo, sem que o outro atinasse, o manhoso se livrou do indesejável embrulho pondo-o no chão sem fazer ruído. Baiano burro nasce morto! Depois, um estalo de língua e exclama:

— Ô troço ruim! Ô remédio santo... embora amargo. Obrigado, meu irmão!

— Isto não é nada, meu nobre amigo: se tivesse que botar pra fora uma tonelada eu o faria de muito bom grado, pela sua vida.

— Acredito, mas estou farto. — E lambe os beiços afetando haver provado deveras aquilo.

A alva os achou zanzando pela mata à procura do caminho. Não houve picada de cobra, apenas uma estranhíssima sensação de formigamento na perna do ébrio. Entretanto, a partir desse dia reboou e ganhou adeptos a crença naquele "antídoto" engulhoso.

XXV

O PRECEPTOR DAS CRIANÇAS POBRES

Desde a infância mais verde hauri do cálice de minha mãe o salutar néctar das histórias; quer verídicas, quer imaginosas: é do calete das primeiras esta que vou narrar.

Perambulou nos sertões baianos um velho sábio de nome Manoel Toquinho. Ao porte franzino e estatura pequena deve-se o epíteto "Toquinho" — de 'toco'.

Vestia-se muito pobremente, quase esfarrapado; sem um asseio corporal irrepreensível, a cara hirsuta, os pés descalços gretados do constante peregrinar. Contudo, sua voz agradabilíssima, a eulalia e o sal bem dosado de suas palavras... ah! Um Bilac — feio de compleição e guardado no peito um cisne!

Pervagava esse Diógenes pelo sertão quando minha mãe o viu se aproximar da casa donde ela, pequerrucha, espiava pelo buraco da fechadura. A mão trêmula e encarquilhada levemente aldrava. A menina consulta a mãe com os olhos se pode abrir.

— É cumpade Mané Toquim, abre! — Vovó deu o cumpra-se; mamãe girou a taramela. Pronto, a partir desse dia foi seu professor. Nunca o tinha visto; apenas ouvira de seus feitos grandes contados por meus avós. Agora ali estava, humilde, à sua frente aquela figura pequena e anciã a olhá-la com carinho. Abre-lhe um sorriso o adventício, que recebe pronta correspondência da pequena curiosa.

Tinha a aprendiz então oito anos. Ele lhe ensinou matemática, a ler, escrever e, sublime coisa! — a arte de contar histórias.

A discípula grata lhe retribuía com a melhor acolhida possível ao parco cabedal da família.

Ao findar a lição, reabastecia o fardel do velho e o acompanhava até o terreiro. Acocorada, o seguia com os olhos até que adentrasse outra vivenda: ia cumprindo sua missão de preceptor das crianças pobres.

Meus avós o contrataram para que desse "alguma instrução" à pequena Rosinha. Assim faziam muitos sertanejos.

Vivia o professor como sofista, isto é, do que percebia pelos serviços imateriais prestados. No entanto, ao contrário daqueles gregos, nada cobrava dos aprendizes; o que lhe dessem os pobres sertanejos, quando podiam, bastava; nada tivessem, nada exigia e jamais os privou da instrução.

— Adeus, titio Toquinho!

— Tchau, Rosinha!

— Até mais, comadre Maria. Diga ao compadre Dadai que lamento não o haver encontrado. Cuide desta menina: tem cachola de ouro.

— Pode deixar... Vá com Deus, cumpade!

E lá se encaminhava para mais uma volta ao mundo. Aqui uma das inúmeras façanhas que mamãe me contou dele:

Passando certa vez por um lugar onde viviam afamados saberentes, estes, sedentos de provar se ao vindouro correspondia a nomeada de erudito que sempre lhe precedia os passos, lhe propuseram um desafio: quem transcreveria mais depressa a obra *Os Timbiras*, de Gonçalves Dias.

Logo ocorreu ao velho a lembrança da fábula *O Triunfo do Mosquito*, em que o touro aceita uma competição de força com o mosquito: "Para mim basta que tenhas concordado em disputar. Sou pequenino, porém, me reputas teu igual", debochou o inseto do quadrúpede insensato. Toquinho, de plano, recusou competir. Insistiram. O forasteiro, vendo-se importunado e impedido de ir embora, anuiu, com a condição de lhe permitirem escrever com o pé. Topam.

Uma multidão circunda o enxame de doutores e o ádvena excêntrico. Papel e caneta sobre as carteiras. Começa a esdrúxula olimpíada.

O velho levanta o pé direito e com ele segura a caneta entre o polegar e o dedo médio. Expedito, copia a célebre epopeia que o autor deixara por concluir ao naufragar. Dez minutos e ele acaba. Apoiado ao espaldar da cadeira, braços e pernas cruzados, aí cochila enquanto os outros mal grafam o primeiro verso:

"Os ritos semibárbaros dos pia..."

Não lembravam se era "piaçabas", "piabas" ou "piagas", e todo o resto lhes escapou. A multidão apupa os vencidos e ovaciona ao ancião. Este, voltando-se para os "doutores", explica-lhes o motivo de haver escrito com o pé:

— O objeto da disputa seria alcançado até por alguém que não compreendesse a obra em questão. Outro tanto é depreendê-la, coisa a que se deve ligar maior importância. Escrevi com o pé em conspícua demonstração de desprezo à vaidade dos meus ilustres concorrentes, pois compreendo serem os verdadeiros sábios arredios ao exibicionismo; ocultam o seu saber como podem e não andam à cata de louvores.

Proferiu estas palavras e deixou o lugar, a despeito das instâncias para que permanecesse ali ensinando-lhes a escrever com os pés.

— Antes, aprendam a escrever com a cabeça! — disse e partiu.

Um dia mamãe soube que ele havia morrido. Morreu algures como indigente, e assim foi inumado, numa cova rasa encimada por uma cruz à beira dalguma senda. Jamais se soube onde morava, se teve família, de que torrão provinha ou de que escola ou mestre aprendera.

Hoje, ao rememorar a vida dessa intrigante figura, medito no passo do Eclesiastes:

"Vivia numa pequena cidade, que fora sitiada por um grande rei, um sábio pobre. Este livrou a cidade pela sua sabedoria, e ninguém se lembrava dele...".

XXVI

O CREPÚSCULO E A LUA

O velho Alfredo enviuvara aos 60, sem filho. Jurou para si viuvez eterna, embora não perfilhasse o credo de Comte.

Uma década mais tarde, porém o ancião muda de ideia — mais pela necessidade de uma adjutora que o assistisse nas "emergências" da senectude que por instâncias da libido.

Pesava-lhe agora o estado em que se empenhara; ele o denominava "martírio vidual".

Um imenso abacateiro ensombrava sua varanda, e ele dizia nas sestas que aí passava embalando-se na rede:

— Tua sombra generosa, meu abacateiro, pode cobrir mais de um...

A audição agravada pela natural presbiacusia; manco de uma perna acometida de reumatismo; magro e um tanto corcunda; as cãs nevavam em sua cabeça e barba. Enfim, cumpria-se nele o que versejou Safo na *Canção Sobre a Velhice*:

"Estas coisas lamento sem cansar, mas que posso fazer?

Não é possível, sendo homem, ser desprovido da velhice".

Sem embargo as afirmações contrárias à senilidade, não era feio. "A velhice começa por fazer de todo indivíduo um homem medíocre", asseverou Ingenieros. Mas nosso homem forcejava por negar a assertiva do intelectual argentino.

— Melhor é o cachorro vivo do que o leão morto, diz o Eclesiastes, e vou me casar outra vez. — Estava decidido.

Uma circunstância, no entanto, vinha sobrepor-se ao conjunto de suas peculiaridades, e muito contribuía para que os maldizentes lhe imputassem a "caduquez". Falava só.

Tomo, porém, aqui a defesa do soliloquista. Já ouvi — eu que também converso comigo mesmo — de inteligência graúda esta confissão: "Gosto de falar de mim para mim, pois é um luxo privar com indivíduos interessantes e sábios!". Com quem confabulava Jung — embora nos diga fosse com o seu íntimo Philemon — senão consigo próprio, internado no universo de sua "imaginação ativa"? Ou teria ele, como Sócrates, um demônio familiar? Conversava sozinho, uma vez que Philemon era produto de sua imaginação. Mas, adeus digressões! Alfredo nos chama.

Morava só. Ninguém me pergunte de suas posses; apenas sei que se mantinha com uma aposentadoria sofrível. Era homem um tanto lido, e desconheço que profissão exercera até a jubilação.

Ao sair, um ritual: punha a chave da casa num buraquinho sob o limiar, dizendo:

— Somente eu sei onde fica. Caso algum ladrão ouse forçar a porta, além de fazer muito barulho, o bocó ainda provará não ser esta uma portinhola de choupana. Se me lembro bem, nenhum moderno Sansão há entre nós que arranque os portões de Gaza na força do muque. — E se retirava claudicando para os seus destinos consuetos.

Com o passar dos dias notou que alguns objetos desapareciam, até pequenas somas de dinheiro. Quiçá deixara nalgum canto. Ia ver. Nada. Mistério.

— Ninguém mais entrou aqui.

Outro incidente inusitado o inquietava. A casa de modesto mobiliário, que ele já não lograva arrumar com perfeição, ia progressivamente tomando ar de choça visitada pelo vento. Mas começou a aparecer limpa e bem arranjada. Fizera aquilo? Maldita amnésia…

Acrescenta ao ritual do esconderijo da chave mais um discurso em que lamenta o sumiço dos teres — embora de pouca monta, é verdade — e louva não sabe se a ele próprio ou se a um misterioso outrem pela organização da vivenda.

Chegou certo dia e viu que o "alguém" armara ao efeito. Um dinheiro que adrede o velho pusera sobre a mesa permanecia intacto; os trastes, de propósito virados de ponta-cabeça por ele, estavam organizados; o chão, que ao sair untara com lama, eis expungido e brilhante. Mas, excelendo a tudo isso, um perfume recendente nunca sentido por seu dioso olfato.

Cáspite!

Carne ou espírito, além dele, penetrava a casa... Não cria em prestativo famaliá, mas a incredulidade começava ceder, tal era o portento.

No dia seguinte sai de novo. Deixa tudo como na véspera encontrara, exceto um punhado de milho que jogou no chão da sala: pretexto à atividade da voluntária mão invasora.

Acresce ao monólogo costumeiro o elogio da ordem, da higiene, da probidade — porque não houve mais gatunagem — e, claro, do perfume.

Entanto, finge que vai para longe, mas oculta-se a uma boa distância da casa. Aí se põe vígil.

— Quem é estará ajuntando o milho quando eu o surpreender.

Via sem ser visto. Minutos de grande expectação.

De repente vê algo como uma aurora gloriosa que irrompe no céu escuro. De trás do abacateiro sai uma beldade, que devia orçar pelos trinta. Visão que o atormenta e enleva ao mesmo tempo.

Ela remira tudo em volta, querendo dar-se conta de que o residente não estava por perto. Encaminha-se pé ante pé ao esconderijo da chave. Abre a porta. Adentra e fecha-se. Ei-la curvada apanhando os grãos caídos.

Alfredo, ainda combalido pela visão mirífica, arrasta-se à porta e bate a aldrava. Clama:

— Bela desconhecida que invades o meu lar e com mãos perfeccionistas o limpas, arrumas e de todo o impregnas com olor sem igual! Furtaste-me o coração, de um só golpe, num relance. Sou quase decrépito de corpo; na alma, porém, remoça o vigor. Oh! Se te apetece — e se não tens marido — faze de conta que és a dona da casa, e eu, um cansado peregrino ao qual te dignas servir com a hospitalidade de Ló.

Eis a predadora convertida em presa...

Abre-se a porta.

Diná — assim se chamava a de dentro –, mulher jovem e encantadora, não a inquinavam as "singularidades" da bela rapariga pintada por Eça (Luísa, a noiva de Macário, ladra finíssima). Não. Era perita na arte de socorrer os necessitados. Os "furtos" não passavam de provocação para contrastar com o benefício feito. Leitora dos clássicos, ela sabia muito bem ser verdadeiro o que acerca dos velhos afirma Cícero em *De Senectude*: "Nunca soube de um velho que houvesse esquecido o lugar de seu tesouro", e Aristóteles, na *Arte Retórica*, quando os acusa de mesquinhez, e explica: "porque os bens são imprescindíveis à vida; outrossim, a experiência lhes mostrou quão difícil é adquiri-los e com que facilidade se os perde".

Haveria melhor maneira de cutucar o ancião? Prova o não querer subtrair coisa alguma que tudo trouxera dentro de um saco para ser devolvido: um cachimbo de madeira, duas chinelas de couro, cinco moedas de 50 centavos, um chapéu velho de palha etc.; ou seja, havia quebrado a Bolsa de Nova Iorque!

No entanto, o maior benefício foi a mocetona ter dado "sim" ao suplicante. Casaram-se.

Uma década e meia viveu o idoso ao lado de sua linda consorte. Longos e agradáveis eram seus oaristos debaixo da sombra do abacateiro, ambos sorridentes a flutuar na rede. Quando ela surpreendia o esposo palrando sozinho, ele, das arábias, dava-lhe uma explicação magistral, que aprendera lendo *O Diário de um Sedutor*, de Kierkegaard:

— Tu és o mais interessante dos assuntos! E é de ti somente que falo comigo mesmo.

Dizem que a ninfa o amou tanto que após lhe cerrar os olhos guardou eterna viuvez.

O que a jovem e bonita Fidélia não foi para o experiente Conselheiro Aires, de Machado — visto que se entregou a um mais jovem pretendente; o que não foi a moça e endeusada Clotilde para o velhote e enfermiço Comte –, pois amava-a platonicamente; e nem a cálida e formosa Abisague para o engelhado e friorento Davi — uma vez que ele sequer a "conheceu": foi a bela Diná para o ditoso Alfredo –, lua resplendente que abraça o crepúsculo, a fim de sustar o ocaso triste, ampliando o dia.

XXVII

ESPANTOS DA PUERÍCIA

Pobre menina! amiúde lhe sarapantavam as bromas de Satanás.

Arvoredos, noite, chafarizes e até carcaça de bicho, convertiam-se nos instrumentos que o dianho usava para torturar a infeliz. Descarado que andava o maligno.

Eu li *O Fantasma de Canterville*, de Oscar Wilde; as diabólicas facções de Mefistófeles, no *Fausto*; e outras histórias de malassombro. Porém, não careço imitá-las, tomando-as por craveira das minhas "invenções". Tenho um baú transbordante de verdades esquisitas e pavorosas contadas pela mesmíssima criatura que as vivenciou.

Desde já ninguém me chame criativo, pois — repita-se — nada inventei.

Tudo se deu quando era criança e vivia no campo com seus pais, garante a hoje senhora de dezesseis lustros mais um.

Certo dia, sol a pino, voltava ela sozinha da casa de um mestre-escola, depois da lição. Morava um pouco distante. No caminho tinha que passar por uma carcaça de jumento, morto havia sete dias. Nuvem densa de urubus negrejava sobre o cadáver.

Mizá tapa o nariz e apressa o passo, evitando sentir a graveolência do corpo putrefato. Para — uns duzentos metros depois — e respira. Vai seguir viagem, mas, instintivamente, olha para trás.

Hum!!!

Eis que sai um zurro ensurdecedor da besta morta, fazendo fugir as aves necrófagas e tremer a terra. A menina se encolhe aterrada, sem força para correr. Todavia, já não fosse mazela grande a voz horríssona, ela vê o "morto" alevantar-se, endireitar para ela e principiar o galope...

Isso a vítima relatou aos pais e ao bom samaritano que a encontrou desmaiada na beira do caminho — ocasião na qual a despertou, pô-la sobre o seu burrico, e levou-a para casa dele.

Outro dia.

Vai passando sob uma velha e frondosa jaqueira. Um vento poderoso açoita os galhos; a árvore dança e se contorce obediente à ventania. Pelos arrepiados. Aos ouvidos da desventurada chega demoníaca voz gritando seu nome:

Mizáááááááááááááááááááááááá

Deus meu! Nem Fidípides correu tanto...

Mas o que a molestava ainda mais que as diabrinas manifestações eram os ouvidos incrédulos.

Conto mais duas apenas.

Chegando-se certa feita a uma bica na beira da estrada para saciar a sede, de repente a água para de cair. Agora mesmo não saía o fio cristalino e fresco?! Confusa, olha para o lado direito. Vê, tão nítido como o claro meridiano, uma alta e magríssima senhora. — Ei-la estática; no lugar dos olhos dois buracos; nas mãos ossudas um balde de pedra transbordando de água límpida e borbulhante que saía como duas torrentes dos "olhos" esburacados.

— Eu sou a dona da fonte, beba do meu balde! — diz a esquipática.

Grita apavorada a menina. Gargalha a visagem demoníaca.

Chega à casa, esbaforida, a pequena. Sua mãe, que já sabia daqueles "alegados" maus encontros, se lhe adianta com indiferença:

— Não me diga que encontrou outro avejão!...

Inútil tentar a compenetração de tais ouvidos. Imaginação... espantos da puerícia... Todavia, como por castigo, uma se passou com a mãe e a filha. Vejamos.

Palmilhavam por uma picada à noite voltando da cidade. Arbustos, árvores e cipoais cerrados ladeavam o estreito caminho.

Um burro trazia nos panacuns os fardéis, e as seguia puxado por uma corda. Brilhava na mão de Mizá uma lamparina a óleo.

Iam vagarosas, conforme os passos da azêmola carregada. Parolavam acordando episódios da urbe.

— Povo estranho esse da cidade, hein! Depois se gabam de serem os evoluídos, chamando-nos a nós do campo "atrasados".

— Mamãe queria uma casa na cidade?

— Nem de graça! Aquilo é vida de gente? Gente foi feita para a terra, como a terra foi feita para a gente. Viver numa "caixa de alvenaria", sem poder sequer plantar um pé de tomate... Coisa própria do além-túmulo: uma catacumba de pedra ou de concreto, não faz diferença.

E riam as duas, rememorando as esquisitices, a empáfia de alguns citadinos. Mas também com positividade consideravam certas atitudes e invenções deles: conveniências, máquinas etc.

Iam alegres, tranquilas, falantes. Mas o "outro" não quer ver feliz o pobre. Não admite. Sólon acusou a divindade, perante Creso, de ter ciúme da ventura humana e comprazer-se em perturbá-la. Mas creio seja esse juízo adequado aos maus espíritos, não a Deus. Deste, pensemos como Pascal: que a nossa verdadeira felicidade é estar nEle. Pois, como escreveu Moisés no *Deuteronômio*, "na verdade (Ele) ama os povos". Mas do "outro", lemos no *Apocalipse*: "Ai dos que habitam na terra e no mar! Porque o diabo desceu a vós e tem grande ira..."

Seguiam, repito, entretidas. Mas, senão quando, troveja do âmago da mata, sustando a familiar conversação, uma voz que dearticula os nomes das caminhantes:

Mizáááááááááááááááá!

Mariiiiiiiiiiaaaaaaaaaaa!

Calam-se obstúpidas. Cachina o abantesma. Ouvem-se passos fortes em derredor. Bocarra horrorosa cospe na chama da lamparina, que logo se apaga. Mais demônios que no Gadareno! Os espíritos se divertem surrando o velho burro, que estuga e atropela as pobres assarapantadas, entranhando-se no mato denso.

Mas, para o gozo completo do diacho, o infortúnio devia recrudescer.

Uma árvore cai atravessada na trilha, batida por um vento sobrenatural. Com dificuldade as duas escalam o tronco grossíssimo; e, enquanto o transpõem, os diabos as torturam com lapadas de cipó trinca-trinca nas pernas e no lombo.

Ai!... ui!... oxe!...

Alquebradas, sem burro, sem farnel, sem alma. Madrugada velha batem à porta. O "pai de família" as vê entrar. Ouve seu incrível relato. Ele assiste de cuecas àquilo que denomina "um espetáculo ridículo de duas farsantes desqualificadas"! Ambas o escutam descrendo não serem cridas. Está debruçado no poial da janela, degustando um fumegante cigarro de palha.

— Conversa! Eu desafio ao capeta, que se arroje a me meter medo. Querem ver? Saio agora mesmo, assim, assinzinho de sunga — e rebolava caçoando — para ver assombração que se abalance pro meu lado. Duas eloquentes cagarolas tentando me converter ao fantasismo, ao assombracionismo, ao aparicioni...

E interrompe-se aí, pois lembrara que faltava o burro com os víveres.

— E o burro?

— O dianho lev... — ia responder a menina, mas a mãe se adiantou explicando o terrível lance: a sova diabólica no animal, de como as atropelou, seu extravio etc.

Entretanto, o ouvinte mal esperou concluir-se a estrambótica narração. Agora odiava mulher, filha, diogo e todo o universo... Pegou sua carabina, saltou no terreiro, seminu como estava.

— Trago de volta o que é meu. O demo trá-lo-ei amarrado, depois de uma boa pisa. E o burro virá montado nele. Esperem pra ver, estafermas!

De manhã cedo um homem nu velava à porta, receoso de chamar mulher e filha. Com as mãos tampava as vergonhas, e tinha pavor de contar o que testemunhara no meio da mata.

Mizá se consolava porque agora não estava só no seu mundo de espantos. A desgraça também une os mortais, algum sábio escreveu. Sendo assim, o diangas é quem sai perdendo.

XXVIII

ÁGAPE

Aquela noite natalina vale por um milhão de auroras.

Lembro-me do que dissera a mãe do poeta, a propósito de não estarmos fazendo menção explícita ao nascimento de Cristo no sarau. Apesar disso, entendia ela, não deixamos de O imitar numa coisa: Ele expôs as inesquecíveis parábolas, com o fito de instruir e salvar a humanidade. Nós contamos nossos contos, para não deixar perecer a memória... assim como Sherazade "contou" para não morrer!

Aplaudimos vivamente uma tão feliz comparação.

Não obstante, nem tudo são estórias. Naquela noite sem par, Josefo e Anatália reafirmaram o seu compromisso de casamento. Também houve milagre: eu e Laís "conversamos" pela primeira vez. Ouvi em tom de confissão aquele cicio que imaginara ter ouvido na madrugada em que ela veio tirar o irmão da minha companhia e de Josefo. Então se me afigurou mero delírio de apaixonado. Mas agora dizia-me, tugindo bem perto do meu ouvido outrora sonhador:

— Pedro, eu te amo!

Fi-la repetir uma dezena de vezes. Eu queria saber se era real. Protestei o meu amor sem tamanho, admiti o medo de lhe falar, abrimos o saco das confissões.

Pretextando ir buscar, ambos, um livro na biblioteca do professor, ali, por entre os olhares de historiadores, literatos, profetas, apóstolos, filósofos, poetas etc. — a nos assistir das estantes –, confabulamos deliciosamente, e nossas bocas se uniram num beijo inefável, pois, traduzi-lo em versos suplantaria o estro de qualquer Virgílio ou Cecília Meireles.

Veio nos achar Lucas, assim unidos, como duas páginas de um livro que um menino trêfego colou e não encontra remédio para desuni-las.

— Eu vim procurar "Beatriz", pois chegou a hora do concurso e foi escalada pelos julgadores para ler o seu conto. Mas eis que aí está "Dante" sem querer soltá-la.

Confesso, nunca o amei tanto como naquele minuto sublime. Tudo nele nos aprovava e abençoava. Pronto! estava feito...

Laís perdeu a cor e escapuliu dos meus nós, esgueirando-se para a sala, tão logo ouviu a piada. Levei um soco de comemoração na barriga e seguimos, eu e ele, gargalhando e abraçados empós da irmã.

Ai chegando, o impertinente nos delatou. Um trovão de risos ecoou na sala. Anatália bailava com Laís pendurada à cintura, como se esta fosse um bebê. O professor abriu um champanhe e convidou a todos para brindarem à nossa felicidade. Flores do jardim eram colhidas àquela hora da noite, e suas pétalas olentes e delicadas choviam sobre nós. Éramos beijados com a profusão da pecadora aos pés do Salvador.

Eu roguei, e o poeta nos declamou a sua *Canção do Poço*, em parte já referida acima — e consta do livro *Alto Retiro* –, para turibular a minha Laís:

"Eu, que sou o poço do almejo,
Imagino uma roldana girando
E a boca do teu balde beijando
O meu bojo agitado de desejo...

Abeira-te de mim! detidamente,
Sente o meu coração profundo.
Prova! não há poço neste mundo
Que te ame tão profundamente...

Noite negra, de astros ridentes...
Abre, ébria de beleza, africana,
Rasgando a cútis guiacana,
Olhos álacres e ebóreos dentes!

Teus cântaros cantam, africana:
Secos e sedentos cântaros cantam.
Cantando assim a sede espantam?...
Ó! dá-lhes de mim, samaritana."

    Beijamo-nos outra vez, a pedido de todos. Fui além, pedi-a em casamento. Ela consentiu. Um estrondo... Quase não tivemos concurso! A festa parecia toda nossa, isto é, minha e da musa de meus sonhos. Meu presente natalino!

    Estávamos nisto quando Silveira nos fez recordar o celibato do professor. Haveria de durar "aquilo" para sempre? Teria ele, à semelhança do personagem Alfredo, feito voto de castidade eterna? Se sim, não renegaria, como este, a profissão?...

— Pois bem, professor, que nos diz? — ajuntei.

    E foi então que me revelou tudo o que já lemos nos capítulos II e III deste livro. Eu era o único dos circunstantes a ignorar aqueles detalhes. Teófilo me contou sem que o abandonasse a serenidade do espírito, nem a alegria desamparou seu rosto.

    Mostrou-me, por fim, aquele poema amarfanhado que guardava carinhosamente numa pasta.

    Agora chorávamos todos, atravessados por uma estranha seta de alegria e admiração. Diante de nós estava o agonista de tantos combates, às vezes ferido de morte, mas revivendo sempre. Embriagados assim de um entusiasmo tão ímpar, assenhoreamo-nos do nosso amigo e mestre, num amplexo coletivo, e o soerguemos nos braços.

    Depois, liberto por um instante da nossa fúria, asiu o dito papel como um cetro, e nos disse, por entre lágrimas de júbilo a lhe inundar a face:

— Este humilde e humilhado escrito é a minha carta de alforria. Deram-me, como um tabefe, conselho sublime: "Vai morar com os livros! Vive com eles, transa com eles, dá somente a eles teu amor, tua adoração". Excetuando o advérbio 'somente', segui todo o resto. Como a alma reclamava também um pouco de sociedade, não lhe neguei. Davi, ao rememorar Jônatas, seu falecido amigo, expressou: "Mais maravilhoso me era o teu amor do que o amor das mulheres". Das imprecações lançadas sobre o guerreiro Tupi, no poema de Gonçalves Dias, talvez esta caiu sobre mim: "Não encontres amor nas mulheres". Mas estou livre da pior: "Teus amigos, se amigos tiveres /Tenham alma inconstante e falaz". Deparou-me o Céu amigas e amigos de verdade, e a companhia fiel dos livros. Basta. Quando vi menoscabado meu poema, naquele dia, fiz um voto: será "poética" minha existência — enquanto durar!

Enfim, foi com esse espírito que encetamos o tal concurso literário. Aliás, "concurso" não, antes um verdadeiro ágape de grandes amigos.